Leiden und Schmerz sind immer die Voraussetzung umfassender Erkenntnis und eines tiefen Herzens. Mir scheint, wahrhaft große Menschen müssen auf Erden eine große Trauer empfinden.

Fjodor Michailowitsch Dostojewski (1821 - 1881)

Herstellung und Verlag:

BoD - Books on Demand, Norderstedt,

© Claudia J. Schulze, 2019, Bilder von Anke Hartmann

Lektorat: Philo, Leipzig, ISBN: 9783749455065

Inhalt:

VORWORT

Dostojewskis Nacht ist keine angenehme. Die Tintenschwärze verhüllt nicht, obgleich man das meinen möchte und könnte. Vielmehr lässt sie die Dinge vor dem geistigen Auge so klar hervortreten, dass das, was da hervortritt, zuweilen nicht nur unangenehm, sondern viel-mehr ganz ausgesprochen schmerzhaft sein kann. Auf eine Art *IST* Dostojewski für mich die Nacht, da etwas in ihm revoltiert; etwas Urgewaltiges, welches sich der Rationalität des Tages nicht nur entzieht, sondern vielmehr ganz und gar entgegenstellt. In ihm ist, doch das meine ich in einem durchaus positiven Sinn, die ganze Vermessenheit, die demaskierende Frechheit, mit der er die Dekonstruktion wagt, die Auflösung durch den Zweifel, in deren ätzender Flüssigkeit er selbst treibt. Er schwimmt nicht nur darin, sich der Ausweglosigkeit seiner Situation bewusst, nein, vielmehr genießt er dieses Wissen um die eigene Ausweglosigkeit, der er sich aber nicht durch jene trickreichen Ausflüchte entzieht, die ihm bei seinen tätigen Mitmenschen so sehr ins Auge fallen. Lange vor Kafka erwähnt er das Insekt, in das zu verwandeln er geneigt wäre. Lange vor Camus übt er die Revolte, lange vor der existentialistischen Auslegung des Mythos von Sisyphos beantwortet Dostojewski indirekt die Frage, ob man sich Sisyphos als einen glücklichen Menschen vorstellen könne. Seine Antwort deckt sich im Kern mit der Aussage Camus, und doch scheint sie sich von dieser auf den ersten Blick zu unterscheiden- gar in diametral entgegen-gesetzter Form. Das mag wohl damit zu-sammenhängen, dass Camus bessere Manieren hatte als Dostojewski in seinem Kellerloch. Doch kann wiederum nicht geleugnet werden, dass es am Ende möglicherweise keine Frage von Manieren ist, sondern von einer so er-schütternden, entwaffnenden Aufrichtigkeit wie sie einem Menschen wie Dostojewski entspricht. Dostojewski als eine Art Urgewalt, als ein verstörender Visionär, ein Prophet - und- lange vor Erfindung der wissenschaftlichen Psychologie im Grunde bereits damals einer ihrer tief-sinnigsten Vertreter. Dostojewskis Nacht:

Tintenschwarz und zugleich so hell, das man nicht ungeschützten Auges mitten in sie hineinsehen darf. Trotzdem- oder gerade deswegen ein Genuss, ein Hohelied und ein Abgesang auf die Menschheit mit dem kleinen Rest an trotziger Hoffnung, die er sowohl sich selbst als auch uns vermachte. Viele Schriftsteller waren Reisende, Hotelzimmer waren ihnen somit nicht fremd. Das Leben auf Reisen, die Begegnung mit Menschen – vielfach ist es eine Art verdichtetes Leben. Oft traurig, skurril, melancholisch. Dann wieder voller Lebensfreude. So präsentiert sich die Sammlung höchst unterschiedlichster Hotel-Geschichten, in denen sowohl große Literaten, als auch ganz gewöhnliche Studienassessoren vorkommen. Dostojewski taucht zuweilen recht unvermittelt auf, ebenso Bulgakov, Gogol, Kafka oder Turgenjew. Sie alle bieten ein Fundament, etwas, das zwar nicht die Welt im Innersten zusammenhält, doch aber uns Menschen auf eine Art verbindet. Uns Menschen außerhalb unserer vertrauten Umgebung. Uns Menschen in Hotel-zimmern.

VON KELLERN UND KRANKENHÄUSERN

Dieses Krankenhaus! Wie kann man heute noch solche Krankenhäuser betreiben? Diese langen Gänge, das grünliche Licht: Unheimlich, selbst mitten am Tag. Schlimm in den Abendstunden.

Gänzlich trostlos, auch wenn ich keine Patientin bin sondern nur Begleitperson. Die Patientin, das weiß ich bereits jetzt, wäre nicht erfreut darüber mich an ihrem Krankenbett zu sehen. Mich aufzudrängen erschiene mir mühselig, und so warte ich auf meinen Begleiter, auf den, der die Patientin besucht und von ihr erfreut empfangen werden wird, während ich im grünen Neon sitze und, wie man es in Krankenhäusern leicht versucht ist zu tun, über Leben und Tod nachdenke.

Den zerfledderten Dostojewski auf dem Schoß - normalerweise in weitaus bequemeren Leseumwelten mit ihm befasst- denke ich an mein korallrotes Sofa, an mein Bett mit dem extra großen Kissen, an die sonnenbestrahlte Treppe vor dem Haus, an bequeme Hotelsessel, und plötzlich schäme ich mich. Schäme mich meiner

Naivität und darüber Dostojewskis Erzählung über das Kellerloch verstanden haben zu wollen, wo doch keine klamme Kälte um mich herum war, kein muffiger Geruch, keine trotzige Abwesenheit einer einigermaßen anheimelnden Lichtquelle. Erst jetzt, in gebückter, vorgebeugter Haltung auf einem in den 60-er Jahren des letzten Jahrhunderts vorgegossene dunkelbraunem und unfassbar rundem Plastikstuhl-unverrückbar und unnachgiebig gleich dazu, das grüne Licht, meine Erschöpfung, der merkwürdig-tote Krankenhausgeruch, und gehetztes, unschlüssiges oder an noch frische Leichen gemahnendes Publikum.

Krankenhausmenschen: Die erste Kategorie von mir als „Ärzte" klassifiziert, die zweite als Patienten und die dritte, recht kurzerhand als „Zwischenmenschen", kurze Besucher, seltsam erleichtert diesen Bau wieder verlassend- und das sogar dann, wenn es sich nicht um einen Besuch aus Höflichkeit oder gar aus Langeweile gehandelt hatte. Ja, sogar dann, wenn man eben den Liebsten, die Liebste besucht hatte und nun, sei es durch dringende anderweitige Termine oder durch die strukturelle Unbarmherzigkeit der stark reglementierten Besuchszeiten, wieder von jenen getrennt wurde, die einem doch so viel bedeuten. Ich selbst gehöre einer Kategorie sui generis an: Keine Ärztin, keine Patientin, nicht auf der Suche nach der Liebsten, eher ungewollt und ein wenig unpassend, wobei es dem Gebäude gleichgültig zu sein scheint.

In seiner Hässlichkeit ist es gutmütig und tolerant wie eine alte Hure, die nicht wählerisch ist, selbst wenn sie noch wählerisch sein könnte. Ich lese meinen zerfledderten Dostojewski anders als sonst. Er beginnt mich körperlich zu schmerzen. Natürlich macht mich das nicht zu einem Patienten. Ich werde mich hüten! Die Schmerzen verbergend, lese ich weiter, wohl wissend, dass man sich in grünlich beleuchteten Krankenhäusern keine Blöße geben darf. Jetzt erst, so langsam, verstehe ich ihn. Mein Magen knurrt, ich habe Durst. Meine Augen brennen und mein Rücken schmerzt. Die besten Voraussetzungen Dostojewski in seiner Erzählung aus dem Kellerloch näher zu kommen.

Dem jetzt durch einen läppischen Besuch in der Krankenhauscafeteria beikommen zu wollen, käme einem Verrat an diesem Schriftsteller, diesem Gott der Schriftsteller gleich.

Nur beladen mit Hunger und Rückenschmerz darf man ihn lesen während einem die Zunge vor Durst am Gaumen haftet. Ein Patient fährt derweil mit seinem Rollator an mir und meinem braunen Stuhl vorbei. Schläuche zieren ihn, verunzieren ihn an allen erdenklichen Stellen. Ich beachte ihn nicht, Ich sehe vielleicht nur kurz zu ihm auf um gleich darauf meinen Blick wieder von ihm abzuwenden. Das passt ihm nicht.

Er fühlt sich durch mein augenscheinliches Desinteresse wohl nicht ausreichend wertgeschätzt, noch nicht einmal wahrgenommen, und er hat offensichtlich starke Schmerzen, Wut und Medikamente in sich, was seine Entscheidungen fragwürdig werden lässt. Um es abzukürzen: Er fährt mir absichtlich über den Fuß und hilft mit seinem eigenen nach um nun auch mir einen Schmerz zuzufügen. „Das hast Du jetzt davon", will er wohl sagen, doch ich lese weiter. Der Schmerz in meinem Bein lässt mich noch klarer verstehen was Dostojewski sagen wollte. Deutlicher und präziser als sonst treffen mich seine Worte. Der Mann mit Rollator ist nun zurecht empört. Nicht einmal jetzt beachtete ich ihn? Man müsste nun schwerere Geschütze auffahren, das war gewiss.

Was würde er wohl tun? Mich mit einem Kabel würgen? Mir eine Sauerstoffflasche grob über den Schädel ziehen? Sei es wie es sei.

Um solcherlei Nebensächlichkeiten konnte ich mich unmöglich kümmern. Mein Verständnis von Dostojewski stand auf dem Spiel. Nie war ich näher dran. Ich wehrte mich also nicht, was ihn zusätzlich anstachelte, und wohlmöglich wäre das alles auf ein sehr blutiges, unter Umständen letales Ende hinausgelaufen, wenn nicht irgendwann mein Begleiter aufgetaucht wäre, einen Pfleger im Schlepptau, einen weiteren herbeipfeifend, um dem Aggressor Herr zu werden. Mein Begleiter, in Sorge um mich, verließ gemeinsam mit mir und auffällig hastig diesen unwirtlichen Ort in Richtung Parkplätze. Zum Glück stellte er mir nicht allzu viele Fragen. Ich vermute, dass er in Gedanken noch bei seiner Liebsten war. Ich selbst hing den meinen auch ein wenig nach, als ich mit einem Mal glaubte einer Halluzination anheimgefallen zu sein, die mit den nicht gerade zimperlichen Schlägen auf meinen Kopf und einer gewissen Dehydrierung durchaus zu erklären gewesen wäre.

Indes- mein Begleiter sah sie auch: Eine uralte russische kleine Frau mit langem Rock und Kopftuch, das Überbleibsel aus alter Zeit. Eine Frau, die aussah als hätte sie, wenngleich schon nicht den Bekanntenkreis dann doch die Zeit, die ZEIT mit ihm, dem großen Fjodor Dostojewski geteilt. Sie sprach uns an und wollte wissen, ob wir auch täglich in der Bibel läsen. „Natürlich", log ich sie sogleich an, wobei meine Lüge keiner Gehässigkeit entsprang sondern vielmehr dem Wunsch eine so alte Seele nicht unnötig zu bekümmern. Erleichtert strahlte sie auf und steckte mir ein gelbes Heftlein zu, auf dem sich offenbar eine lohnenswerte Geschichte über Heilige und Sünder befand. Mit dem Heftlein in der Hand erreichten wir das Auto. Ich drehte die Heizung ganz unnötig hoch, so als wollte ich mir selbst, nach all den Qualen, etwas Gutes tun. Dann überlegte ich es mir nochmal anders. Ich stieg, einem, Impuls folgend, aus, hastete dem alten Weiblein hinterher und händigte ihr meinen zerfledderten Dostojewski aus. „Gib Gas", zischte ich dem Fahrer verschwörerisch zu, sobald ich den Wagen wieder erreicht hatte. Das Weiblein sah im Rückspiegel etwas ratlos in unsere Richtung. Mein Begleiter tat sofort was ich sagte, hielt sich nicht mit unnötigen Überlegungen und lästigen Fragen auf, so dass wir, weitaus schneller als geplant, wieder in unserem Hotel ankamen. Während er gleich zum Hörer griff, um die Stimme seiner Liebsten zu hören und ihr mitzuteilen wie schrecklich es doch sei aus-gerechnet im Urlaub zu erkranken – und das für alle Beteiligten - las ich im Stehen das Heftlein über die Heiligen und die Sünder. „Setz dich doch mal hin!", wies mich mein Begleiter schließlich ungewohnt harsch zurecht. „Ist doch ausgesprochen ungemütlich!" Was sollte ich darauf nur antworten? Ungemütlich war mir ohnehin zumute. Meinen Dostojewski besaß ich nun nicht mehr und das Heftchen der Alten gab nicht viel her. Morgen, das nahm ich mir fest vor, wenn wir die Liebste wieder besuchen gingen, würde ich der Alten meinen Dostojewski wieder abjagen. Koste es was es wolle. Etwas Anderes kam gar nicht in Frage.

Derweil rollte ich das gelbe Heftlein aufgeregt und unablässig zwischen meinen vor Ungeduld feuchten Handflächen.

DOSTOJEWSKIS NACHT

Ich zog die Stöpsel aus den Ohren- kam es mir doch wie ein irrwitziger Verrat an ihm vor sein Audio-Buch eben hier, an diesem fast schon undenkbaren Ort, abzuspielen. Der Traum des lächerlichen Menschen - hatte ich ihn schon einmal gehört und konnte mich durchaus erinnern. Es beginnt mit Dostojewskis Worten: „Ich bin ein lächerlicher Mensch", mündet in einem Traum und entlässt den Erzähler eben aus diesem wieder, verzweifelter denn zuvor. Ich erinnerte mich an die Selbstanklage, welche diesem Traum folgte. Sähe er mich nun in diesem wahnwitzigen Wagen, ja, es mag weit hergeholt klingen, und doch dachte ich in gerade jenem Moment, dass diese erneut die nichtende Selbstanklage, die sich auf alle Menschen ausgeweitet habende, aufleben lassen würde- etwas, das ich keineswegs, und vor allem nicht zu solch später Stunde, beabsichtigte. Mit anderen Worten, dem Sinn gemäß, glaubt er die Menschen eben mit Lügen und jener offen-sichtlichen Lächerlichkeit angesteckt zu haben.

Oh- vermag doch ein einziger Mensch nicht solches zu bewirken! Ich möchte es ihm zurufen, ihm zur Sicherheit einfach einmal Hybris unterstellen um ihn zu besänftigen. Was sonst könnte ich tun? Wenigstens dies: Ohne auch nur eine weitere Sekunde darüber nachzudenken, darüber nachdenken zu wollen, drücke ich auf die lächerlich kleinen Knöpfe.

Die Erzählerstimme wird leiser, verstummt dann, und mir scheint als hätte ich damit einen gewissen Verrat an Dostojewski *nicht* vollzogen. Etwas, das mich ungemein erleichtert. Ja, augenscheinliche Lächerlichkeit ist tatsächlich weitaus einfacher zu ertragen. Morgen, am späten Vormittag, hat man mich in ein renommiertes Verlagshaus eingeladen, und schon morgen würde ich denen, die da wussten wie aus dem geschriebenen Wort ausreichend Geld zu machen sei, gegenüberstehend- oder, (naheliegender) vermutlich, da es sich eher um eine Räumlichkeit befand in der sich der jeweilige Vertragspartner wohl fühlen sollte - möglichst wohlambitioniert gegenüber*sitzen*.

Wahrscheinlich wäre es nicht an mir über die, die mich für lächerlich hielten, zu triumphieren, da die offensichtliche Lächerlichkeit ja nicht als solche gilt.

Die offensichtliche Lächerlichkeit würde nämlich zu jener werden, die sich *ihren* Maßstäben verschrieben hätte. Sie würde jene nackte, ärmellose, sich unmittelbar darunter befindende Lächerlichkeit überblenden, ins Unsichtbare abgleiten lassen und an einen Ort verbannen, an dem nur ich sie noch erkennen und vorfinden könnte wie eine nur allzu gute, lästige Bekannte.

Ich sitze, wahrscheinlich muss ich mich ein wenig erklären, in einer dieser protzigen Limousinen in Chicago. Das Hotel hat keine Bar und keinen Fußweg, doch sie haben eine Limousine.

Ein bulliger Typ fährt mich hin. Dem könnte niemand etwas anhaben, beruhigte ich mich selbst, innerlich sehe ich schon irgendwelche Bullets knapp an unserer Limo vorbeisausen.

Das Fliegen überreizt mich zuweilen und die Sicherheitskontrollen am Flughafen- ich weiß nicht- ist das ansteckend? Generiert es ein universelles Sicherheitsbedürfnis? Ich setze mich bewusst aufrecht und strecke das Kreuz durch. In einer Limo sitzt man nun mal nicht wie ein Wurm. Wieder Dostojewski, die Stimme des Lesers in meinen Ohrstöpseln. Warum, zum Teufel… Er beginnt: „Ich bin ein lächerlicher Mensch".

Ja, vielleicht bin ich das sehr wahrscheinlich sogar. Aber nicht, und auf gar keinen Fall, weil ich hier auf der Suche nach einem gefüllten Kaffeebecher von einem riesigen Chauffeur in einer absurd großen, schneeweißen Limo durch die Stadt gefahren werde und mir dabei auch noch der Rücken schmerzt. Wahrscheinlich ist eben das noch das am wenigsten Lächerliche an mir, zumindest das am wenigsten augenfällige. Denn zum ersten Mal in meinem Leben schwimme ich mit den Fischen. Dostojewskis lächerlicher Mensch hat das mit den Fischen gar nicht erst versucht. Ist er deshalb eines meiner größten Vorbilder? Stark muss er sein, um seine vermeintliche Lächerlichkeit zu ertragen. Die augenscheinliche Lächerlichkeit hingegen, meine hohen Schuhe im gräulichen Schneematsch auf dem Weg zu meiner Prinzessinnenkutsche, diese maßlose, unsägliche Limousine, der betont wichtigtuerische, leicht vulgäre Gesichtsausdruck des Chauffeurs verwischen mit der Amerika angemessenen Hast. Ich halte mich an dem winzigen Player fest, fühle mich verkrampft während mich die Lichter der anderen Autos beim Vorbeifahren blenden. Kann das sein?

Die Scheiben sind doch getönt. Ich vermute mal, dass es mit meinen Nerven nicht zum Besten steht. Aus Versehen drücke ich erneut den Knopf.

Meine Bewegungen sind fahrig, doch trage ich die Ohrstöpsel nicht mehr, so dass ich nur den blechern klingenden Ausschnitt, grotesk gehackte Sprachfetzen höre.

Ich schalte das Gerät erneut aus. Dostojewskis Aufzeichnungen eines lächerlichen Menschen sind hier fehl am Platz. Der Chauffeur hält an, steigt aus. Die Tür klappt zu, dann wieder auf. Er drückt mir ein Getränk in die Hand, so dass ich die Ohrstöpsel samt Player auf den Sitz gleiten lasse.

Meinen Dank nicke ich ihm nonverbal zu, ebenso gibt er ihn zurück. Wir sind quitt.

Nun habe ich meinen Kaffee in einer großen Pappbox mit braunem Vintage Aufdruck. Die Limousine ist auf dem Weg zurück zum Hotel. Ich bin immer noch fahrig. Beinahe noch mehr als vor diesem Ausflug. Vielleicht doch keine gute Idee abends Kaffee zu trinken. Er schärft die Sinne zu sehr, lässt die offensichtliche Lächerlichkeit mehrdimensional werden.

Doch wer kann sich entziehen?

Wie und auf welche Art? Wo könnte man sie einsparen, die große Lächerlichkeit? Aufstehen? Die Limousine verlassen, zu Fuß gehen im Schlamm und im Schneeregen? Zu Fuß mit viel zu hohen Absätzen? Als Fußspur enden, höchstens noch als Fuß-Note? Den verblüfften Fahrer allein zum Hotel zurückfahren lassen, um etwas zu beweisen? Nass wie eine gebadete Ratte mit fatal ruiniertem Augen-Make-up im Hotel absteigen, die angewiderten Blicke der Rezeptionisten ertragend, sich mit letzter Kraft wegschleppend, nur noch gehalten vom dem finalen Aufbäumen eines unbedingten Willens sich der exponierten Lächerlichkeit zu entziehen, im Abgesang den temporären Schutz des im Hotel gemieteten Zimmers aufsuchend? Nein. Zu sehr bin ich bereits Teil des Spiels und lächerlich – egal für was ich mich entscheiden werde, egal welche Richtung das morgige Gespräch nehmen wird- *wenigstens*, und darauf bin ich stolz, und die kleinen weißen Plastikknöpfe, diese unsäglichen Kopfhörer in meiner Hand, sind der physische Beweis dafür.

Wenigstens habe ich Dostojewski aus der Sache rausgelassen.

Er hätte das nicht gewollt – gehört zu werden in dieser so vulgären Limousine. Es braucht etwas Anderes hier, da bin ich mir sicher

Was ist seine, Dostojewskis, Lächerlichkeit? Die äußere und die innere gleichen sich bei jedem Menschen – und all das, was sich dazwischen befinden mag, ist es nicht Wert erwähnt zu werden.

Seine Lächerlichkeit ist eine andere als die, welche mir wohl vorgeworfen wird - zumindest erscheint sie im ersten Moment eine vollkommen andere zu sein.

Und doch ist sie im Wesen gleich, nicht von der Seinen zu trennen, ebenso wenig es möglich ist die innere von der äußeren Lächerlichkeit zu trennen. Er glaubt ein Verführer gewesen zu sein, einer, der die Menschen ohne es gewollt zu haben mit der äußeren Lächerlichkeit infiziert zu haben, notwendigerweise, da er als Mensch, als Bewohner dieser Erde, im Grunde zu gar nichts anderem imstande ist, dazu verdammt, gewissermaßen.

Das sieht er als seine Schuld an, seine Erbschuld. Jetzt, wo ich in der Limousine sitze, bin ich auch Teil dieses Ganzen, befeuere sie, die große Lächerlichkeit- und sei es nur aus meiner ganzen Unfähigkeit heraus mich ihr in diesem Moment für den kurzen Aufenthalt in dieser Sache zu entziehen. Hätte ich nicht wenigstens auf den Kaffee im Vintage-Becher verzichten können?

Das hätte mir und dem Fahrer, der mich an meinen Bruder erinnerte, die Sache erspart. Mein Bruder hatte mich in Deutschland zum Flughafen gefahren. Gerade der, dem ich wohl von allen am Lächerlichsten erscheinen musste mit meiner Schreiberei, meinen unpraktischen Büchern. Doch bereits auf dem Weg zum Flughafen stimmte ihn das Wissen um die mir bevorstehende Reise in der Business Class, mit dem der Verlag mit der ersten Ehrerbietung der offenen Lächerlichkeit von meinem sonstigen Sein abgelenkt hatte, versöhnlich. Ein Manöver, für das ich ihm während der langen Stunde im Auto dankbar war.

Es hatte meinen Bruder besänftigt und meine offene Lächerlichkeit der seinen zugeführt, eine Melange erzeugt, die das Elende des Menschseins wie einen Zuckerguss in die Klebrigkeit ihrer Konsistenz aufnahm und den Übergossenen, den Eingeschränkten, schließlich bedauerlicherweise jedweder Beweglichkeit beraubt – die Beweglichkeit des Geistes miteingeschlossen, so dass wir da saßen in der offenen Lächerlichkeit des protzigen

Wagens, gekleidet mit der grotesken Ridikulität der Kleidungsstücke, die zwar in Indien gefertigt, in Italien hernach jedoch mit gewissen Emblemen bedruckt worden waren, welche sodann auf die offensichtliche Dominanz des jeweiligen Trägers deutlich hinweisen sollten. Von den Gesprächen, sofern sie nicht von den Klängen der Musikanlage eingeschränkt waren, weiß ich nicht mehr viel. Doch am Gesicht, am Ausdruck erweiterter, abscheulicher Selbstzufriedenheit erkannte ich *sie* zweifelsohne. Sie war überall auf der Welt zu erkennen. Ob es nun Frankfurt war oder Chicago.

Morgen würde es also soweit sein. Erst im Zimmer beginne ich mich wieder sicherer zu fühlen- nachdem ich die schweren Vorhänge geschlossen und den Fernseher ausgesteckt habe. Das rote, listige kleine Auge des Stand-by würde die Tintenschwärze, die ich so sehr liebe, entweihen. In dieser Schwärze beginne ich schärfer zu sehen. Ich stelle ihn mir vor: Dostojewski. Wie er, ohne auch nur eine Miene zu verziehen, in einem ebenso tintenschwarzen Zimmer in Moskau, Roulettenburg oder Baden-

Baden sitzt, mit all der Ernsthaftigkeit, zu welcher nur er sich imstande zu sein fühlte. Wer ist er, sein lächerlicher Mensch? Ein Gegenentwurf zu Jesus? Der, der die Sünde von der Welt nahm. Ein wahrlich übermenschliches Unterfangen. Und Dostojewski nun, er nimmt alles auf sich. Ist er es selbst? Er muss es sein. All diese Unsäglichkeit der Welt, angefüllt mit all dem, was man kaum gewillt ist auszusprechen, zumindest wenn man sein eigenes Unglück nicht unnötig vergrößern möchte.

Wo sie doch jeder still in sich trägt, die Tintenschwärze.

Hat *er* die Sünde über die Menschen gebracht? Der Mensch über den Menschen?

Ich frage ihn direkt. Sogar auf Russisch. Wozu sonst habe ich mich jahrelang mit dieser Sprache abgequält? Wie gewöhnlich antwortet er mir nicht, was mich nicht überrascht.

Dostojewski schweigt also wieder in seinem, unserem tintenschwarzen Zimmer mit dieser Ernsthaftigkeit, die alles verschiebt. Gut oder

Böse. Er schweigt wie der Mensch, der nicht weiß, dass er glücklich ist.

Oder aber wie der, dem der Schmerz nicht erspart blieb.

In der tintenschwarzen Ernsthaftigkeit seiner Nächte löst er sich auf.

Der Unterschied. Für diese eine Nacht macht es mir nichts aus. Nichts macht mir mehr etwas aus.

Morgen, in wenigen Stunden also, würde es soweit sein. Das Vorsprechen in dem Verlag. Das Schwimmen mit den Fischen. Kam es darauf an? Nein. Und doch war es ebenso gut wie nicht mit ihnen zu schwimmen. Oder machte ich mir etwas vor? Eine leichte Angst breitete sich aus. Noch eben leicht genug um sich meiner nicht zu bemächtigen. Ich nahm mir zwei Fläschchen aus der Mini-Bar. Angst hin oder her. Jetzt noch zumindest war alles in Ordnung. Jetzt noch deutete nichts auf den nächsten Morgen hin. Bis es soweit war, lag sie noch beinahe unendlich und noch immer so wunderbar tröstlich tinten-schwarz vor mir: Dostojewskis Nacht.

GEDULD UND SÜCHTE

Die Buchsucht hatte mich jäh erfasst, nachdem die Verhandlungen über mein neues Buch zwar durchaus positiv verlaufen waren, die damit verknüpften Erwartungen jedoch drohend in mir auftauchten- zuweilen in Form des einheitlich fordernden Gesichtsausdruckes meiner Verhandlungspartner, zum anderen in Form des geschäftlichen Tonfalls, für den besonders das amerikanische Englisch ausgesprochen gut taugt. Bisher hatte ich Kaufhäusern und den in ihnen offerierten, erschreckenden Überflüssigkeiten kaum etwas abgewinnen können. Nur unter Zwang, wenn mir berufliche Gründe den Kauf eines ganz bestimmten Kleidungsstückes aufbürdeten, wurde ich zu einer unfreiwillig Verbündeten der unter allerlei Tüten ächzenden Frauen, die, besonders an den Samstagen, offenbar das gesamte während der übrigen Woche mehr oder weniger mühsam zusammengescharrte Geld in einem erregenden Rausch hingaben- im Austausch zu glänzenden, aufstrebenden, weichen Schuhen, zu raffinierten Seidenschals, schweren, exklusiven Parfümflakons, überteuerten und gleichsam halterlosen Strumpfhosen, dekadenten Gesichtscremes aus Kaviarextrakt und ähnlichen Dingen. Allerdings, das muss ich einräumen, obgleich ich dem gleichen Rausch wie sie erlegen war, fühlte ich mich ihnen nach wie vor überlegen. Meine Kaufsucht war eine Buchsucht. Während sie ihre Tüten mit schnöder Vergänglichkeit füllten, erstand ich Bücher. Nicht irgendwelche Bücher. Ich erstand die hochkarätigsten Schriftsteller aller Zeiten: Homer, Dostojewski, Puschkin, Gogol, Bulgakow, Turgenew, Tolstoj, Kafka, Flaubert, Pessoa, Borges, Dante, Mann, Böll, Camus, Shaw und Hemingway, Joyce, Wilde - den Geheimrat natürlich auch. Mir wurde ganz heiß, und das Hämmern in meinem Kopf rührte zweifelsfrei von meinem erregten Herzen her, während ich all diese Bücher nach und nach in mein Hotelzimmer trug. Niemals würde ich sie in meinem Koffer unterbringen können. Doch über solche Dinge macht man sich keine Gedanken, wenn man in einer der immerhin größten und renommiertesten amerikanischen Buchhandlungen all diese Klassiker im Original kaufen kann. Ich trug sie vor mir her wie einen Popanz, wie das ultimative Statussymbol. „Sprechen Sie russisch", fragte mich der Portier. Ich nickte so herablassend wie es mir nur möglich war. „Jeder, der etwas auf sich hält, sollte Russisch sprechen, mein Lieber!" Da ich zur Zeit des geteilten Deutschlands im Osten des Landes aufgewachsen und zur Schule gegangen war, stimmte das mit dem Russisch durchaus, wenngleich ich mittlerweile doch sehr außer Übung war. Auf dem Regal, welches sich direkt über meinem Doppelbett an die Wand gebohrt befand, stellte ich meine neusten Errungenschaften auf.

Die besten Bücher der Welt in den mir vertrauten Sprachen.

Alle in meinem Raum. Ich konnte mich einer gewissen Selbstzufriedenheit nicht erwehren. Jetzt zahlten sich meine langen Studienjahre aus, meine Auslandsaufenthalte, ja, nun auch meine Schreiberei. Offenbar war ich angekommen, und war ein Hotelzimmer auch kein Heim, so wollte ich doch, wenigstens vorübergehend, eines aus ihm machen. Da die Verhandlungen mit der Agentur sich über einige Tage hinzogen, und auch gewisse kleinere Änderungen in meinem Buch besprochen wurden, verlängerte sich mein Aufenthalt in der Stadt. Mit der Limousine zu fahren, nur um einen Kaffee zu erwerben, erschien mir bald als die normalste Sache der Welt. Die Limo wartete sogar vor dem Buchladen auf mich, in dem ich mehr und mehr Bücher kaufte- bis sich das Regal über meinem Bett bereits ein wenig krümmte. Die paar Tage würde es wohl noch durchhalten. Mein Regal, mein unbezahlbares Schmuckstück! Lieber Leser. Ich weiß, dass Sie bereits genau wissen, was nun geschehen wird. Beim mühseligen Entschlüsseln eines massigen Dostojewski im Original – das alles kurz vor dem Schlafengehen- und nehmen wir hierfür noch nicht einmal sein üppigstes Werk- bescheiden wir uns mit, sagen wir einmal, dem Spieler, wenngleich die Dicke und Schwere des Buches in meiner Hand dabei weniger ins Gewicht fällt als die Schwere der Bücher auf meinem Regal, wird letztgenanntes über mir zusammenbrechen, ein besonders dickes Exemplar eines der Werke von Dostojewski, welches sich unglücklicherweise nicht in meiner Hand sondern vielmehr noch auf dem Regal befand, da ich ja gerade in eines der weniger dicken Werke von ihm vertieft war.

Ach, fehlender Ehrgeiz! Nun rächt er sich. Der schwere Klassiker trifft mich so ungünstig auf dem Kopf, dass ich selbstverständlich auf der Stelle tot bin. Natürlich war das vorauszusehen. Ich hatte es Ihnen aber auch, das muss man zugeben, durchaus einfach gemacht. Allein der Hinweis auf das sich Verbiegen des Regals. Ich bitte Sie! Vorbei ist´s nun mit mir. Vorbei mit all dem, was ich jemals wusste oder konnte.

Sie werden mich beklagen oder aber denken:

„Fort mit Schaden!" Ich kann Ihnen weder das Eine noch das Andere verübeln. Doch da ich nun nicht mehr weiterschreiben kann, und ich es nicht mag, wenn eine Geschichte offen bleibt, so bitte ich Sie doch herzlichst darum die Bücher irgendwie zu retten. Benutzen Sie einfach Ihre Phantasie. Mit Sicherheit würde man sie nach Abschluss der halbherzigen Ermittlungen im Hotel schnöde entsorgen. Welch´ furchtbare Verschwendung. Tun Sie etwas dagegen! Als Liebhaber von Literatur, und ich gehe davon aus, dass Sie einer sind, fällt Ihnen doch etwas ein - muss Ihnen etwas einfallen. Ich zähle auf Sie- enttäuschen Sie mich nicht!

POST SKRIPTUM

Vielleicht sollte ich Ihnen etwas Bestimmtes nicht vorenthalten. Es mag geschwätzig erscheinen, und es kann durchaus sein, dass es dem, der mich so frühzeitig von hier abkommandiert hat, nicht gerade recht ist, dass ich das jetzt doch noch erzähle. Andererseits ist er mir doch auch etwas schuldig. Ich bitte Sie! So aus dem Leben gerissen zu werden, wo all die zuvor erfolgten Anstrengungen erstmals damit begonnen hatten sich auszuzahlen. Es ging um meine allerletzte Sekunde, und die dehnte sich, vielleicht daher, weil man sich unmittelbar auf dem Weg zur Ewigkeit hin befindet, ganz schön aus. Das kann ich Ihnen sagen. Wie froh konnte ich sein von Dostojewskis Buch erschlagen worden zu sein. Malen Sie sich mal aus es wäre ein anderer gewesen- irgendein abscheulicher Schmierfink oder ein launischer Besserwisser. Die Regeln habe ich zwar nicht so ganz verstanden, bin ja noch ganz neu auf der anderen Seite, doch war es tatsächlich Dostojewski, der mich in dieser letzten, gedehnten Sekunde beehrte.

Einen gewissen Zusammenhang darf man also, zumindest in aller Vorsicht, meiner Meinung nach voraussetzen. Sollte es nur Zufall gewesen sein, hätte mich das zwar auch nicht beunruhigt. Wie Sie ja wissen befanden sich weder Schmierfinken noch Besserwisser auf meinem Bücherregal. Dennoch: Selbst hier hätte es mich wohl schlechter treffen können.

Nun ja, also es war, um diese Mutmaßungen abzukürzen, Dostojewski. Er sprach nicht.

Zumindest nicht in dem Sinn, in dem man es hätte erwarten können. Doch auch das störte mich nicht, da stattdessen seine Augen sprachen. Ich erkannte in seinem Blick etwas Gehetztes, zugleich jedoch auch etwas zutiefst Ruhiges- ein Widerspruch, der mir unauflösbar zu sein schien. Nicht, dass mich sein Erscheinen in allzu großes Erstaunen versetzt hätte. An anderer Stelle sind all meine bisherigen Begegnungen mit im literarischen Geist Vereinten festgehalten.

Diese Aufeinandertreffen, auch das ist bereits geschildert worden, sind vermutlich der dem

Beruf des Schriftstellers einhergehenden Einsamkeit geschuldet, so dass vielleicht ein gewisser Ausweg darin gesehen werden kann sich die erwünschten Gesprächspartner wohl einfach daherzuhalluzinieren. Dostojewski war jedoch der Einzige, der nicht sprach, zumindest nicht in dem zu erwartenden Sinne.

Allerdings wenn man zugrunde legt, dass auch mein Ableben höchst unerwartet über mich hereinbrach, so kann man sich getrost jedweder Erwartung ohnehin entledigen.

Dostojewski Gesicht war indessen zu einer überdimensionierte Leinwand geworden, ähnlich einem riesenhaften Gemälde, auf dem sein Gesicht bis ins kleinste Detail festgehalten war, vergrößert und durchaus lebendig wirkend.

Die hohe, bleiche Stirn über den müden Augen, das bereits schütter gewordene Haar gescheitelt wohl im Versuch eine gewisse Ordentlichkeit beizubehalten, wohingegen an seinem Bart nichts Bezähmbares mehr zu erkennen war. Die Nase recht spitz, insgesamt erschöpft, welk wirkend, mit halb geschlossenen Augen, aus denen, zu meiner Überraschung, trotz aller Wehmüdigkeit, ja, Weh-Müdigkeit, etwas Munteres aufglomm. Nun jedoch erschienen Augenringe und gaben seinem Gesicht etwas endgültig Erschöpftes. Das Bild veränderte sich. Ich sah ihn seine Augen schließen. Das, was er mir gerade noch durch seine Augen mitgeteilt hatte, und was ich selbst nun mit ins Grab nehmen werde, verschwand. Sein Kopf sank zurück. Mit einem Mal war da ein Kissen, und ich erkannte, dass das Bild, welches ich nun vor mir sah, das des toten Dostojewski war. Er war nun ganz in die andere Nacht geglitten, in die Nacht aller Nächte, doch, im Gegensatz zu mir, würde er unsterblich sein. In einem der Bücher unter denen ich begraben war, konnte man es bereits nachlesen. „Dostojewski ist unsterblich". Doch dies, mit Verlaub, hätte ich auch so gewusst. Trotzdem griff ich nach diesem Buch. Es muss in Bruchteilen von Sekunden geschehen sein.

Ich griff nach diesem einen Buch, in dem von Dostojewskis Unsterblichkeit zu lesen stand, und obgleich ich nicht mehr imstande war zu lesen was auf der Seite stand, die ich berührte, so wusste ich dennoch, wohl durch die grundsätzliche Erweiterung aller Sinne im Augenblick des Todes, was dort geschrieben war. Ich hörte es. Ich hörte den Autor selbst. Er sprach russisch. Nacht senkte sich nun über mich, und eine ruhige Stimme geleitete mich sanft mit den Worten dessen aus dem Leben, der zuvor festgestellt hatte, dass Dostojewski unsterblich sei. Wie schön einen Freund im Geiste bei sich zu haben. Um Moore ging es, um Götter, um ewige Ruhe und um das Scheiden aus der Welt. Um das Scheiden ohne Bedauern. Was für ein Werk! Könnte ich Sie nur daran teilhaben lassen. An dem, und an Anderem. Irgendwo werden sich noch meine alten Aufzeichnungen über Kafka und die anderen befinden; ich hatte so etwas bereits erwähnt. Jetzt freilich verliert es für mich seine Bedeutung. Anderes eröffnet sich mir, wunderbar Anderes.

Ja. Es hätte mich, ich erkenne es klar, weitaus schlechter treffen können.

BEGEGNUNG MIT KAFKA

Ein Tag vor dem Weihnachtsfest, welches ich in diesem Jahr in Riva de Garda verbrachte, im Grunde um eben diesem eigentlichen Fest zu entgehen, mit dem ich bereits seit einiger Zeit nichts mehr anzufangen vermochte, entfernte ich mich vor dem großen Abendessen unauffällig vom Hotel, um in der *Via Franz Kafka* zum See hinunterzulaufen. Außer mir hatte sich zu dieser Zeit niemand dorthin verirrt, und vielleicht ist es der Tatsache geschuldet, dass ich im realen Leben nicht gerade mit zahlreichen Menschen zu tun habe, so dass ich immer wieder dazu neige imaginäre Menschen wahrzunehmen. Für mich ist das - sicherlich ist das verständlich - nach einiger Zeit nicht mehr so besonders verwunderlich. Mit der Zeit gewöhnt man sich schließlich an alles; doch die Begegnung an diesem Vorweihnachtsabend in der *Via Franz Kafka* war für mich etwas, das mich dennoch zutiefst in Erstaunen versetzte. Nicht dass ich nicht damit gerechnet hätte Franz Kafka, ungeachtet der Tatsache, dass er bereits viele Jahre nicht mehr unter uns weilte, eines Tages zu treffen, ähnliches war mir schon mit einigen anderen, durchaus Großen der Vergangenheit passiert; Artur Schopenhauer hatte mich im vergangenen Jahr beispielsweise – dies geschah ganz unerwarteterweise und erfreulich - zum Lachen gebracht, mit Nietzsche war ich allerdings bereits nach nur wenigen Sekunden aufs Heftigste zerstritten und Simone de Beauvoir hatte nichts für mich übrig.

Kafka, den genialen Franz Kafka hatte ich mir schon lange herbeigesehnt, doch hatte ich im vergangenen Herbst, in den frostigen Tagen, die ich zu dieser Zeit in Prag verbrachte, weitaus eher mit solch einem Treffen gerechnet. Vielleicht, das ist zumindest meine heutige Erklärung, war es nicht möglich aufgrund der zahlreichen Ablenkungen, die in einer stets so überfüllten Stadt wie Prag, welche sich nicht einmal von beißender Kälte und ungerührtem Frost aus der Ruhe oder vielmehr aus der Bewegung bringen lässt, nicht von der Hand zu weisen sind. Es kommt mir durchaus wahrscheinlich vor, dass dies Franz

Kafka damals gehindert haben mochte mit mir ins Gespräch zu treten, wobei ich, wie immer bei diesen Dingen, natürlich nicht mit Sicherheit sagen kann, ob es sich letztlich tatsächlich so verhalten hat oder nicht. Doch nun sah ich ihn. Sehr höflich lächelnd mit einem schwarzen Hut und einem dieser Anzüge, die schon vor Jahrhunderten aus der Mode gekommen zu sein schienen, und dennoch auf mich in diesem Augenblick geradezu so wirkten als sei es die einzig wirkliche und mögliche Art sich zu kleiden, die einzig passende zumindest an diesem so dunklen Abend in Riva, wo der See, dunkel wie von einer Schicht aus Erdöl überzogen, nur sehr unzulänglich von einigen Mondstrahlen erhellt wurde. Erhellt war freilich auch wiederum nicht das richtige Wort, überhaupt schien der See die Worte nur so zu schlucken, bis kaum noch eins übrig geblieben war. Nach wie vor erschien alles düster bis auf das rätselhaft freundliche, etwas scheue doch überaus höfliche Gesicht des Herrn Kafka, der mit vollendeten Manieren seinen Hut vor mir zog. Da mir im Augenblick nichts einfiel wie ich auf eine solche Geste der Anerkennung reagieren sollte, ignorierte ich ihn und lief auf den See zu, insgeheim nun dankbar über die Finsternis, denn immerhin konnte ich mich ein wenig in ihr verkriechen, jetzt da ich mich so ganz und gar blamiert hatte. Ich wagte es nicht mich nach ihm umzusehen, doch vernahm ich leise Schritte hinter mir, so dass ich meinen eigenen Schritt zögernd verlangsamte bis er mich erreicht hatte. Seine lebhaften Augen, die ich trotz der Dunkelheit erstaunlich gut wahrnehmen konnte, hatten etwas Verzeihendes in sich, etwas das mir sagte, dass meine mangelnde Geste der Höflichkeit wohl nicht weiter ins Gewicht fiel.

Das erleichterte mich verständlicherweise ungemein. Stumm schritten wir eine Weile nebeneinander her, wobei diese Stille keine unangenehme war, ganz im Gegenteil. Seine offensichtliche, zarte und gutwillige Schüchternheit entlastete mich, bot sie doch ein beruhigendes Gegengewicht zu dem geradezu klischeeartig leutselig und fast schmerzend laut wirkenden, dickbäuchigen und fast kahlen

Italiener, der das international gut besuchte und durch zahlreiche Sterne honorierte Hotel Savoy Palace, in dem ich in diesem Jahr abgestiegen war, leitete. Aus irgendeinem Grunde mochte mich der Leiter dieses Hotels wohl als ebenso lächerlich empfinden wie ich ihn, einen Umstand, den ich (im Gegensatz zu ihm) zu verbergen suchte, um nicht auch noch zu allem Übel aus dem Hotel gewiesen zu werden und dann, ähnlich dem heiligen Paar, ausgerechnet an Weihnachten ohne Herberge dazustehen. Man muss ja bedenken, dass ich, noch nicht einmal annähernd mit einer göttlichen Leibes-frucht gesegnet, zudem statt von dem treuen Josef, lediglich von einem imaginären, längst ver-storbenen und darüber hinaus vermutlich recht unpraktischen Mann begleitet, noch durchaus schlechter dastand als damals die heilige Mutter Gottes. Also hatte ich mir jegliche Bemerkung verkniffen, die darauf hinweisen mochte wie sehr mir das affektierte, betont heiterverbindliche, laute Gehabe des geradezu clownesk an-mutenden Hotelbesitzers lästig war. Was er genau an mir auszusetzen hatte, wusste ich nicht. In der Regel neigen Leute dazu mich zu mögen. Doch kann es durchaus sein, dass ich gerade an jenem speziellen Vorweihnachtsabend eine etwas klägliche, abstoßende, wenn nicht gar larmoyante Gesamterscheinung geboten haben mochte, welche ich auf eine akute und unbarmherzig heftige Lebensmittelvergiftung, die ich mir unglücklicherweise durch den unüberlegten Kaffeegenuss an einer verdreckten Raststätte auf der Hinreise über Verona zugezogen hatte, zurückführe. Ich selbst hatte mich, im Anschluss daran, nachdem sich die widerwärtigen Konsequenzen nur allzu deutlich gezeigt hatten, als eine Art Zumutung begriffen, als ein scheußliches Etwas, das man, in jenem fürchterlichen Zustand, niemandem vor die Augen führen dürfe der sich gerade in einem Urlaub befände und es verdient habe mit ausschließlich ansprechenden, erhebenden Dingen und Menschen, nicht aber von Abscheulichkeit umgeben zu sein. Eben diese Lebensmittelvergiftung also hatte mich heute weit aus dem Speisesaal gebannt, in dem Männer, mit Anzügen die an Käferpanzer gemahnten, Unmengen an Salaten auf ihren Tellern unterbrachten, die getuschten Gattinnen am Arm; diese zumeist so abgemagert, dass sie sich an den Anzugkäfern festhalten, *festkrallen* mussten, mit dürren Beinchen auf viel zu hohen Schuhen neben ihnen herzitternd.

Die Vergiftung also hatte mich heute weit aus dem Speisesaal gebannt, hatte mich nun also zu meiner geheimnisvollen nächtlichen Wanderung durch die *Via Franz Kafka* geleitet, wo ich nun, ganz still und von beiläufiger Art, neben ihm lief.

Seine Schritte knirschten ein wenig, so als liefe er in Schnee, doch so sehr ich mich auch bemühte etwaige Hinweise auf ein ganz plötzliches Schneetreiben zu erfassen – es gelang mir nicht. Während wir so ruhig nebeneinander am Rande des Sees entlangschritten und die kühle Nachtluft sich wohltuend auf meine heißgewordene Stirn legte, spürte ich wie meine Übelkeit langsam verging, wie ich zunehmend ruhiger wurde und *selbtverständlicher.* Ein besseres Wort mag mir nicht einfallen als eben dieses. Nichts aus unserem Gespräch, welches nur aus wenigen Sätzen bestand, begleitete mich auch nur im Ansatz so wie das Nicht-Gespräch zwischen uns. Das einfache Nebeneinander-Hergehen. Das gänzlich Selbstverständliche an dieser doch so keineswegs selbstverständlich erscheinenden Situation. Sie veränderte mich in einer Sanftheit, die ihre Entsprechung in der Ruhe zu haben schien, welche von dem stillen, scheuen Mann ausging.

Als ich schließlich ins so hell erleuchtete Hotel zurückkehrte, und das zu einer fröhlichen, feisten Fratze entstellte Gesicht des Hotelbesitzers in den zahlreichen Spiegeln, die als Sechser- Gruppe prätentiös um die Rezeption angebracht waren, in multiplizierter, grotesker Aufdringlichkeit für mich geradezu unerträglich reflektiert, wahrnahm, verzichtete ich auf den Aufzug und nahm die Feuertreppe hoch zu meinem Zimmer, in dem mich eine angenehme Ruhe und Dunkelheit empfing. Ich öffnete die Tür zu meinem Balkon und sah noch eine Weile in Richtung See hinaus. Wie lang ich dort saß kann ich nicht sagen. Beinahe endlos kam es mir an diesem Abend vor als meine Augen die Hügel und Berge umwanderten, welche den Gardasee an dieser Seite säumten. Obgleich Dezember, war alles von einem hellen, geradezu frühlingshaften Grün Im Schein der Laternen wirkte es besonders intensiv.

Lang kam mir die Wanderung meiner Augen vor, doch das konnte sie wohl nicht gewesen sein. Das fröhliche Lachen und Reden der Gäste, die schließlich von der weihnachtlich geschmückten Bar auf ihre Zimmer zurückkehrten und vorher im Gang noch ein wenig miteinander sprachen, weckte mich aus meinem Zustand des reinen Erstaunens, in das mich die Begegnung mit dem etwas traurigen, ruhigen und schüchternen Mann versetzt hatte. Warum ich das Hotel erneut verließ, um an den See zu gehen – ich kann es nicht sagen. Es war eine ganz plötzliche innere Eingebung, vermutlich einem ebenso unüberlegten wie leichtsinnigen Wunsch entsprungen.

So wie man zu Weihnachten nun eben einmal dazu neigt an die unbedingte Erfüllung bestimmter langgehegter Wünsche zu glauben.

Doch getroffen habe ich ihn kein zweites Mal, obwohl ich, das gebe ich zu, seither fast ununterbrochen darauf warte.

DER GARTEN

Bereits als Kind sagte man über mich, dass ich immer am Lachen sei, und tatsächlich fühlte sich alles in mir nach Lachen an.

Nach Lachen, Wärme und Sonne.

Dann, ich weiß es noch genau, denn es war kurz vor meinem 10. Geburtstag, kam eine so große Traurigkeit über mich dass ich dachte, wenn sie je wieder wegginge, dann hätte sie auch mein Lachen mit sich fortgenommen.

Ich hatte mich, das möchte ich gleich zu Beginn festhalten, geirrt.

Es kam in den nachfolgenden Jahren immer wieder zurück, zuverlässig wie eine Jahreszeit.

Zwar kam auch die Traurigkeit immer wieder, doch wurde sie leichter zu ertragen durch das Wissen, dass sie sich mit meinem Lachen lediglich abwechseln, und es verbürgt zu mir zurückkehren würde.

Dies blieb so bis zum Tod meiner Mutter. Vom Tod meiner Mutter an war dieses Lachen weggegangen und weder im zweiten noch im dritten darauffolgenden Jahr wieder zurückgekehrt.

Nach dem langen Winter, der dem dritten Jahr gefolgt war, setzte ich mich in ein Flugzeug und flog, ohne lang darüber nachgedacht zu haben, nach Sizilien. Die Touristensaison hatte noch nicht so recht begonnen, was mir entgegenkam, da ich mich selbst noch nicht reif für all das geballte Leben fühlte, welches dann dort vorherrschend sein würde. Allein die Natur war bereits aufgegangen. An den Klippen zum Meer hin fühlte ich mich in einen paradiesischen Garten versetzt: Kakteen, afrikanische Zedern, Wüsten-Palmen, Zitronen und Orangenbäume, riesenhafte Blumen und Blüten. Mein Herz schlug, allein schon bei diesem Anblick, schneller und lauter in mir. Der Anblick war so schön, dass er beinahe schmerzte. Das Hotel war auf einer Anhöhe gelegen, so dass ich bis hin zum griechischen Theater und weit auf das Meer hinaus blicken konnte.

Oft hielt ich mich an dieser Stelle des Hotels mit dem besten Blick bis hin zum mit Schnee bedeckten Ätna auf. Es war ein besonderes Hotel.

Alle waren von großer, familiärer Freundlichkeit. Mehr als das.

Ein junger, auffällig schüchterner Kellner mit freundlichen, warmen Augen, ich mochte ihn sofort, legte mir an jedem einzelnen Tag eine Blüte auf den Teller, die er von den Sträuchern vor dem Speisesaal abgepflückt hatte. Das machte er nur bei mir. Zudem brachte er mir an jedem Tag ein extra Brötchen und einen Tee aus Orangenblüten, so als machte er sich Sorgen darüber, dass ich nicht genug zu essen oder zu trinken bekommen würde. Immer, wenn er in meiner Nähe war, fühlte ich mich sicher. Seine liebevollen Gesten hatten nichts Aufdringliches- im Gegensatz zu manch anderen Gesten der sizilianischen Männer. Ich weiß nicht woran es genau liegt, doch insbesondere süditalienische Männer fühlen sich zu mir ganz besonders hingezogen. Ihre Blicke verfolgten mich im Speisesaal, auf der Straße, selbst in der Kirche. Es gab da einen kleinen Park, in den ich mich in den Fällen zurückzuziehen pflegte, in denen mir dies alles zuviel wurde. Und dort traf ich ihn: Einen sonnengegerbten Mann mit hellen Augen, der aus unerfindlichen Gründen einen griechischen Namen trug, wenngleich er, wie er mir versicherte, Sizilianer sei- schriftlich belegt und veredelt durch viele Generationen, die vor ihm bereits hier lebten.

Er war alt, und als ich mich zu ihm setzte, seufzte er auf und sagte mit einem Bedauern zu mir gerichtet, wie überaus schön ich sei, und er wiederum...mit einem sich selbst und wen- immer anklagenden: „Warum bin ich so alt?" und einem resignierenden Achselzucken gab er auf. „Du lachst nicht viel, oder?" Ich nickte um das zu bestätigen. „Aber das Lachen ist das Vorrecht der Jugend, oder etwa nicht?" „Damit habe ich keine Erfahrung", gab ich knapp zurück, da mir der Zusammenhang nicht so recht klarzuwerden vermochte. „Ich kann Dir Dein Lebens- Lachen zurückgeben", versprach er, „denn wenn du nicht lachst, dann lebst Du nicht. Ich kann Dir also - in aller Bescheidenheit- Dein *Leben* zurückgeben." Unwillkürlich dachte ich an die Momente, in denen ich gelacht hatte. In meiner Erinnerung reihten sie sich auf wie die Perlen der schönsten Kette, die ein Auge jemals erblickt haben mochte.

Doch weit war sie meinem Blick mittlerweile entschwunden, ein unbekannter Dieb hatte sie mir genommen, für immer, wie es mir mittlerweile erschien. Und dieser alte Mann, etwas schlitzohrig und der Beschaffenheit seiner Haut nach zu urteilen etwa 300 Jahre alt, wollte sie diesem Dieb wieder abjagen? Was würde er dafür wollen? Dass im Leben nichts umsonst ist, das wusste ich bereits. „Was hast Du denn zu verlieren?" wollte der Alte nun wissen. Müde von der ungewöhnlichen Wärme und den schweren Düften des tropischen Gartens willigte ich ein.

Und dieser Tag, gefolgt von der Nacht, sie gaben mir nicht nur diese Kette wieder. Es war ein unendlicher Schatz aus perlendem Lachen, aus Freude, aus grenzenlosem Übermut, aus dem Duft südlicher Früchte und einem leichten, warmen Wind, der vom Meer herzog und meine Haut streichelte.

Eine Nachtigall hörte ich auch- weit, weit und leise aus der Ferne. Ich habe versprochen über diese Nacht nichts weiterzugeben, doch befand sich in ihr…, wurde in ihr etwas bewahrt. Die Essenz meines Lebens- verdichtet auf diese wenigen Stunden einer einzigen Nacht. Eines Tages und einer Nacht.

Als ich des Morgens in mein Hotel zurückkehrte, fiel mir auf, dass sich etwas geändert hatte.

Die Männer blickten mir nicht mehr nach, sie winkten nicht mehr aus Autos oder Bussen heraus, sie riefen mir nichts mehr quer über die Straße zu, pfiffen mir nicht mehr hinterher. Das Fehlen dieser Aufmerksamkeiten wunderte mich, doch noch mehr begriff ich, dass sie mir merkwürdigerweise mit einem Mal fehlten, was mich ein wenig wehmütig stimmte. Der steile Weg, welcher zu dem Hotel führte erschien mir zudem weitaus beschwerlicher zu sein als noch beim letzten Mal. Unbemerkt gelang es mir mich in mein Zimmer zu schleichen, da die Rezeption zur Frühstückszeit meist nicht besetzt war. Auch die Treppen bereiteten mir eine ungewohnte Mühe. Beim Öffnen meiner Tür fiel mein Blick auf die Hand, welche den Schlüssel hielt. Es war meine Hand und doch nicht meine. So schnell ich konnte eilte ich ins Badezimmer, denn ein furchtbarer Verdacht war in mir aufgekommen und schnürte alles Leben in mir zusammen.

Der Blick in den Spiegel bestätigte meine Ahnung, und ich kann nicht sagen wie ich es ins Bett geschafft habe ohne vor Entsetzen zu schreien.

In nur einer Nacht war ich zu einer alten Frau geworden.

Der rätselhafte Mann hatte mir das Leben zurückgegeben und mich zugleich mit eben jenem bezahlen lassen. Eine ungeheure Wut schlug in einer riesigen Welle in mir hoch, um gleich darauf wieder in sich zusammenzufallen. Im Bett, mit dem weißen Laken bedeckt, spürte ich meine Kräfte schwinden, und auch mein Groll auf den Alten war nur noch ein leises Echo.

Er hatte mich um nichts betrogen. Er hatte mir vielmehr den Anteil des Lachens gegeben, welches mein Leben noch für mich bereit-gehalten hätte. Doch hatte er die Durstzeiten dazwischen, die dunklen Kapitel übersprungen. Ja, um diese mochte er mich betrogen haben, doch persönlich fand ich, dass es schlimmere Vergehen als diese gäbe. Man kann hier allerdings, das gebe ich zu, geteilter Meinung sein. Er hatte die Seiten meines Lebensbuches so rasend schnell umgeblättert und mir jede Seite, die ein Lachen enthielt, vorgelesen, vorgelacht und vorgetanzt- in einem übertragenen Sinn. Wieder blickte ich zu meinen Händen. Den zerbrechlichen Händen einer alten Frau, von diesen unvermeidbaren Linien durchzogen wie eine Schale aus Marmor, die, bereits zerbrochen, noch einmal notdürftig zusammengefügt worden war.

Keiner der jungen, schönen Männer, die mich gestern noch mit ihren schmachtenden, feuchten Blicken, mit seufzenden Versprechen bedacht hatten, würden freiwillig diese Hand, diese Hände nun berühren wollen. Das musste doch ein Traum sein- oder etwa nicht? Konnte so etwas sein? Mir war so schwindlig, so traurig und schwach ums Herz. Es klopfte vorsichtig an der Tür. Ich rief etwas wie „Herein", und der Kellner mit den freundlichen, dunklen Augen stand da, vor mir, mit einem Brötchen, dem Tee und einer Blüte, die sich von der Dunkelheit des Tabletts zauberhaft abhob.

Er lächelte so strahlend wie immer, setzte sich auf die Bettkante und nahm sie, diese kleine, alte

Hand, als wäre sie ihm unendlich wertvoll und küsste sie.

„Ich glaube, dass ich heute sterben werde", sagte ich ihm.

„Außerdem bin ich mir nicht sicher, ob ich dieses Brötchen hier noch essen kann….habe gar keinen Hunger. Ist das normal, ich weiß es nicht…"

Meine Stimme klang aus, war kaum mehr noch als ein zaghaftes Flüstern.

Da lege er die Blume in meine Hand, nickte und küsste meine Stirn.

„Es ist alles ein Traum, Cara", sprach er leise ohne auf meine Frage zu antworten. „Alles ist ein Traum."

Ich schloss die Augen und spürte dennoch, dass er neben mir saß und meinen Schlaf beschützte. Ob ich wieder aufwachen würde? Ich wusste es nicht. Doch als der erste bewusste Traum dieses bereits sehr warmen Vormittages sich auf mich legte, da hörte ich es wieder- das unsterbliche Lachen aus dem Garten, in dem ich die Nacht verbracht hatte.

SCHWARZE KIRSCHEN

Die Tschechow Führung war für den sehr frühen Nachmittag angesetzt, so dass ich das Hotel rechtzeitig verließ. Schweren Herzens trennte ich mich, innerlich lamentierend, vor allem vom hoteleigenen Schwimmbad, um pünktlich zu dem verabredeten Treffpunkt zu erscheinen. Im Grunde machte ich mir nicht allzu viel aus Schwimmbädern, da ich mich dort über die Maßen angestarrt und bewertet fühle, doch dieses Schwimmbad stellte eine Ausnahme dar, da es so klein war, dass sich kaum mehr als zwei Menschen zugleich darin befanden. Etwas Schöneres war für mich daher, besonders bei diesen hohen Temperaturen, kaum vorstellbar. Zunächst lief ich, noch mit leicht feuchten Haaren und dem Informationsblättchen in den Händen, direkt an dem Hotel vorbei, dessen Mitarbeiter Anton Tschechow damals aus eben diesem nicht eben nachsichtig, rücksichtsvoll oder gar zögerlich hinauskomplimentiert hatten, nach- dem seine ansteckende Lungenerkrankung allzu evident geworden war. Doch jetzt warb man mit ihm, ein großes Plakat wies darauf hin: „Hier wohnte Anton Tschechow". Nun ja, das war wohl Geschmackssache. Vielleicht dachte man sich auch, dass mittlerweile genug Zeit vergangen sei, so dass man in dieser Hinsicht wirklich nicht mehr nachtragend zu sein brauchte. Ich passierte den Kurpark mit den knorrigen Ginkgo-Bäumen, vorbei am amerikanischen Mammutbaum, der libanesischen Zeder, der orientalischen Platane und dem Tulpenbaum. Am Teich, in dem, neben zahlreichen Enten, zwei schwarze Schwäne ihre Runden zogen, ging ich entlang. Dort saß, wie auch gestern schon, ein Mann in einem Rollstuhl, der damit befasst war die Schwäne und Enten still vor sich hin zu studieren. „Sieht er nicht genauso aus wie ein Nachkomme Tschechows?", dachte ich nur kurz, denn ich hatte es zu eilig um mich in solcherlei Gedanken zu ergehen. Hastig schritt ich voran so schnell ich konnte, hin bis zur Einkaufspassage, schließlich endete mein Gang an der Kirche, vor der sich der Führer, ein Pfarrer, bereits eingefunden hatte. Eine Schar interessiert wirkender Touristen hatte sich bereits pittoresk über den Platz verteilt und jede Sitzmöglichkeit, und sei sie am schmalen Rand eines steinernen Blumenkübels, okkupiert - war es doch ein, sogar für das Hitze gewohnte Badenweiler, besonders heißer Tag, der es unbedingt erforderte, dass man seine Kräfte zusammenhielt.

Dennoch beschloss ich zu stehen, um nicht gleich zu Beginn einen schwächlichen Eindruck zu hinterlassen. Da ich nämlich dazu neige an heißen Tagen ungewöhnlich schnell an Kraft zu verlieren, wollte ich zumindest die Gunst des ersten Augenblicks für mich nutzen und meine noch vorhandene Energie zur Schau stellen. Möglichst unauffällig musterte ich den Pfarrer, der im Einklang mit sich selbst zu sein schien. Nicht nur das. Über das Maß hinaus deutete die Art und Weise, mit der er seine Oberlippe kräuselte auf eine unangenehm ausgeprägte Selbst-zufriedenheit hin, wobei es beinahe über-flüssig ist zu erwähnen, dass eine solche Haltung in mir von jeher das Aufkommen von Misstrauen und einer gewissen Abscheu zu begünstigen pflegt. Doch gehe ich davon aus, dass sich dies durchaus verallgemeinern und wohl auf die meisten Menschen anwenden ließe. Pünktlich um drei, die Kirchenglocke hatte die Uhrzeit zuverlässig bestätigt, räusperte er sich, und wie auf eben jenes Kommando rückten alle, die eben noch auf dem Hof verteilt gesessen hatten, Hühnern gleich, in beinahe andächtiger Runde zusammen, nunmehr einen Kreis um ihn bildend. Noch vor einer offiziellen Begrüßung durch den Pfarrer meldete sich ein besorgter Tourist zu Wort und wollte wissen, ob denn die ganze Führung über Tschechow sei. Immerhin habe er eine solche bereits vor zwei Jahren, anlässlich seines letzten Aufenthalts in Badenweiler, absolviert, und er, so fügte er mit einer beinahe weinerlich wirkenden Stimme hinzu, wolle sich nur ungern wiederholen. Insbesondere sei dieser Wunsch nach Neuem auch der Tatsache geschuldet, dass ebenfalls durchaus andere Literaten ihren Fuß auf den so – in gleich mehrfacher Hinsicht. Sozusagen, ja durchaus (wie ja geradezu in einer eigens festgelegten *Maßeinheit* für Literaten, die es freilich leider noch nicht gäbe - sei, diese jedoch nichtsdestotrotz in gleich mehrfacher Hinsicht ihre Spuren in den *fruchtbaren* Boden dieses Landstrichs gesetzt haben mochten. Hiermit beendete er sein Plädoyer, welches er mit einem leichten Räuspern ausklingen ließ.

Haben mochten? Begann die Hitze meinen Kopf bereits zu vernebeln? Bereits vor Beginn der offiziellen Führung? Noch war ich mit der sprachlichen Analyse dieses Ausspruchs befasst, als auch schon der ältliche Pfarrer sonor-beruhigend versicherte, es ginge, ganz im Gegenteil, heute durchaus nicht um Tschechow. Nervös nestelte ich mein Informationsblättchen aus der Tasche, um sicherzugehen nicht versehentlich auf der falschen Veranstaltung gelandet zu sein. Doch da stand es klar, kursiv und schwarz auf gelb: *Tschechow-Führung; Literarischer Spaziergang.* Was mochte den rätselhaften Sinneswandel bei dem Pfarrer also eingeleitet haben? Mit ehrlicher Neugierde lauschte ich seiner Erläuterung. "Wir kommen hier in letzter Zeit immer mehr von Tschechow ab". Was meint er mit „*wir*"?

Hatte er etwa die vereinte heilige Dreifaltigkeit auf seiner Seite? Unwahrscheinlich, selbst bei einem Pfarrer, beziehungsweise besonders unwahrscheinlich *gerade* bei ihm; er war eindeutig evangelisch. Doch wer sonst konnte es sein? Wer machte aus ihm, dem Pfarrer, das *Wir*? Ich musste nicht lange auf die Antwort warten.

„Dostojewski", hörte ich ihn sagen. „Dostojewski hielt, nun wie soll ich es einigermaßen diplomatisch ausdrücken, nicht gerade besonders viel von Anton T." *Anton*? Nun duzte er ihn schon. Ärger stieg in mir auf. Nicht, dass ich etwas gegen die stärkere Vertrautheit habe, die dieser intimen, persönlicheren Anrede prinzipiell innewohnt, doch war mir klar, dass er das „Du" nicht aus diesem Grund gewählt hatte, sondern dass vielmehr eine allzu plumpe Vertraulichkeit, eine beabsichtigte Abwertung damit einherging, die noch durch die Reduzierung seines Nachnamens auf einen einzigen Buchstaben betont wurde, da dies dem Ganzen einen geradezu ironischen Anstrich verlieh. Und ich hatte Recht mit meiner Einschätzung. Wie sich

aus dem weiteren Verlauf seiner Schilderungen unschwer heraushören ließ, hielt er Tschechow für gänzlich überbewertet. Schließlich fasste er zusammen, sein Ton ließ keinerlei potentielle Anzweiflung seiner Worte gelten: „Wir haben uns daher klar dafür entschieden die Führung gerade auch den anderen Berühmtheiten zu widmen, die hier wohnten oder lebten."

Er lächelte, so als habe er eine frohe Botschaft verkündet, was mein Herz, ohnehin von der Sonne bereits übermäßig erwärmt, geradezu in Sekundenschnelle zum Überhitzen brachte. „Dostojewski hielt nicht viel von Tschechow?, fragte ich provokant-gedehnt und fühlte mich mit einem Mal in meine Schulzeit zurückversetzt, wo mich der Ruf einer Revolutionärin recht schmeichelhaft und auch nachhaltig bis hin zum Studium begleitet hatte. „In der Tat", gab der Pfarrer selbstsicher zurück. „Dann sind sie doch sicher auch im Bilde darüber, was Dostojewski über die *Kirche* als Institution dachte?" Meine eigene Stimme hallte dünn und überreizt in meinen Ohren wieder.

Emotional aufgewühlt bemerkte ich, dass ich das gelbe Informationsblättchen mittlerweile zu einer kompakten Kugel in meiner geballten Faust zerrrollt hatte. Der Pfarrer lief hellrot an und ließ, anstatt zu antworten, verlauten, der finanzielle Zuschlag für die Führung betrüge acht Euro, da dieser nicht über die Kurtaxe abgerechnet werden könne.

Da ich es prinzipiell nicht leiden kann ignoriert zu werden, bohrte ich erneut nach:

„Wissen Sie denn überhaupt wie alt Tschechow war, als Dostojewski starb?"

Der entsetzliche Pfarrer drehte mir, erneut ohne zu antworten, den Rücken zu, und ich beschloss zu gehen, nein, vielmehr äußerst dramatisch hinwegzustürmen. So schnappte ich energisch meine Tasche, drehte mich nur noch einmal zu der reichlich verdutzten Menge hin und rief, mir meiner enorm theatralischen Präsenz durchaus bewusst: „Zwanzig! Er war zwanzig!" Sollten sie mit dieser Information anstellen was sie wollten. Was wohl der Pfarrer mit zwanzig gemacht hatte? Vermutlich mit einer von der Pubertät gezeichneten Gesichtshaut in Taizé auf seiner Gitarre rumgezupft und Kumbaya-My-Lord gesungen? Vermutlich. Mit zwanzig hatte man noch zahlreiche Entwicklungsmöglichkeiten, doch nicht jeder nutzte sie. Meine ungeteilte Abneigung galt nun dem Pfarrer. Auf die Gefahr hin mich nun vollends lächerlich zu machen, drehte ich mich ein letztes Mal um und rief mahnend und zugleich bereits ein wenig irre erneut: „ZWANZIG!" Dabei zeigte ich je zweimal meine zehn ausgestreckten Finger, wie ich es bei rechen-schwachen Schülern zur visuellen Unter-mauerung numerischer Belange zu tun pflege, bevor mich mein eigener dramatischer Ausbruch ermüdete und schließlich zu langweilen begann. Ich beschloss daher die gesparten acht Euro in einen Kaffee und ein Eis zu investieren. Was mich genauso aufgebracht hatte, vermochte ich nicht zu sagen. Die Hitze? Mit Sicherheit hatte sie eine Mitverantwortung, doch nicht die größte. Weitere Eskapaden wollte ich mir heute keines-wegs leisten.

Das Café, nach dem ich suchte, sollte jedenfalls schattig sein. Auch mein Arzt hätte mir dazu geraten. Hierzu war jedoch kein Medizinstudium vonnöten. Das erkannte ich sogar als einfache Patientin.

Etwas Ruhe war bei diesem Wetter und nach erfolgter öffentlicher Pöbelei eine Grund-voraussetzung. Es dauerte eine Weile, bis ich endlich fündig wurde. Zwischenzeitlich war mir von der Sonne und der Hitze bereits ein wenig schwindelig. Doch dann, ganz am Rande gelegen und mit Blick auf die Vogesen, fand ich einen schattigen, unter Kirschbäumen gebetteten Rosengarten, der, offenbar im Familienbetrieb, gastronomisch in direkter harmonischer Ent-sprechung florierte. Ich bestellte einen Darjeeling und einen Apfelkuchen, da ich meine Meinung in dem Moment, in welchem ich auf den fein gekleideten Herrn in meiner Nähe aufmerksam geworden war, geändert hatte. Plötzlich hatte mich der Wunsch erfasst ihm nahe zu sein oder ihn doch zumindest mit guten Manieren und ausgewählten Speisen zu beeindrucken, welche einem einfachen Kaffee und einem so kindischen, fast läppischem Produkt wie einem Eis nicht gegeben waren. Beinahe formvollendet schlug ich das rechte Bein über das linke, vom leichten Zittern, das mich bei seinem Anblick überkommen hatte, war kaum etwas zu merken, was mich ermutigte mit der Gabel und eleganter Geste das Vorderstück des Kuchens abzutrennen. Ich tat dies beiläufig, streifte es am Rande kurz an der Sahne, um es dann, ohne peinliche Zwischenfälle, zum Mund zu führen.

Er lächelte mir zu. Wüsste ich nicht genau, dass Tschechow seit mehr als hundert Jahren tot ist, und ich mich eben hier an dem Ort befand, an dem er nachweislich und penibel dokumentiert gestorben war, so hätte ich schwören können, dass er es war, der da saß. Seine Augen ruhten nun interessiert auf mir, was meine Nervosität erneut beflügelte. Ich entnahm den Teebeutel, wagte es aber nicht zu trinken. Sein Blick erschien mir beinahe wie eine Prüfung zu sein, die zu bestehen ich mir zur Aufgabe gemacht hatte. Noch bevor ich mich gedanklich auf meine

Reaktion, (für den Fall, dass er mich ansprechen würde), vorbereiten konnte, war es schon so weit: „Es gibt keine Sicherheit, nur verschiedene Grade der Unsicherheit", stellte er unvermittelt fest. Dabei rührte er mit einem silbernen Löffelchen den Zucker in seiner kleinen Tasse umher. Was sollte ich darauf nur antworten, ohne gleich zu Beginn das schändliche Bild vom fehlenden Esprit und bedauerlich-mangelnder Schlag-fertigkeit in ihm aufkommen zu lassen?

Ich beschloss also mein rätselhaftestes Lächeln aufzusetzen, eine List, die mich bereits häufig aus zahlreichen, herausfordernden Situationen gerettet hatte. Offenbar von meinem Manöver ermutigt, setzte er zu einem zweiten Versuch an die Konversation in Gang zu bringen. Immerhin nahm ich derweil einen Schluck Tee zu mir, da sich mein Mund vor Aufregung ganz trocken und wund anfühlte, was nicht die beste Voraussetzung dafür bot einigermaßen souverän in ein potentielles Gespräch einzusteigen.

Noch immer war ich mir nicht sicher wer da eigentlich in meiner Nähe saß.

Natürlich erinnerte ich mich daran, dass ich mich, meiner Einsamkeit und übermäßigem Stress geschuldet, schon häufig plötzlich mit berühmten Denkern und Schriftstellern getroffen hatte. Schenkt man den Worten meines Nervenarztes Glauben, so begünstigen beide Faktoren, insbesondere in fataler Kombination das gelegentliche Auftreten von Halluzinationen. Auch der große Leo Tolstoj war mir, neben Kafka, Schopenhauer, Nietzsche, Brecht und gar Simone de Beauvoir durchaus schon begegnet.

Meistens des Nachts während unterschiedlicher Spaziergänge. Doch dies hier war doch wohl etwas grundsätzlich anderes. Zwar im Halbschatten unter einem grünen Kirschbaum, doch dennoch, ohne Zweifel, im Tages-Licht und durchaus dreidimensional und lebendig saß er da, aß mit zudem großem Appetit – und weit unbefangener als ich – seinen Apfelkuchen und trank dazu ungeniert einen doppelten Espresso.

Dieser Mann war plastischer als damals Tolstoj oder Kafka, die sich noch eher wie Traumgebilde aus meinem Inneren gelöst hatten und farblich etwas blasser zu sein schienen als die sie umgebende Welt: Somit konnte es nicht der vor mehr als hundert Jahren verstorbene Tschechow *in persona* sein. Soviel war sogar mir klar – und ich neige nun wahrlich nicht dazu die Dinge allzu sehr voneinander zu trennen. Anderseits konnte das eben auch das Problem sein und möglicherweise auf eine bedauernswerte, wahr-scheinlich dramatische Verschlechterung meines bisherigen gesundheitlichen Zustandes hin-weisen: Wenn mir selbst nun gar keine Unter-scheidung mehr möglich war, und mich kurzfristige Wutausbrüche ganz unweigerlich zu solchen Hirngespinsten führten, wonach sollte ich mich dann richten?

Der leichte Spott in seinen schönen, dunklen Augen, welcher mich zusätzlich verunsicherte, so dass meine Nervosität sich nun auf so hohem Niveau befand, dass es mit beinahe nichts mehr zu steigern gewesen wäre, tat sein Übriges. Vermutlich war es jedoch genau diesem Umstand zu verdanken, dass ich mich mit einem Mal wieder fing, und die Unsicherheit von mir wich wie eine recht unangenehme, doch schließlich der Vergangenheit zuzuordnende Erinnerung. Bereits häufig ist es mir so ergangen: Auf dem Höhepunkt des Unwohlseins fiel dieses Gefühl, diese Nervosität und Angst von mir ab wie etwas, dass nicht mehr benötigt wurde.

Nun aß ich meinen Kuchen ebenso unbefangen wie mein Gegenüber, selbst der leise Spott in seinen Augen vermochte es nicht mich von meiner soeben neu gewonnenen Sicherheit abzubringen. Immerhin – hatte ich doch noch vor weniger als einer Stunde in aller Öffentlichkeit eine ganz andere Vorstellung abgegeben.

Wie ich dem Pfarrer meine Meinung kundgetan hatte – wohl keiner aus der Gruppe der Zeugen hätte daraufhin angenommen, dass mich ein einzelner, ruhig dasitzender Herr in solche Verlegenheit hatte bringen können. „Es gibt keine Sicherheit, nur verschiedene Grade der Unsicherheit", sprach er nun erneut mit einem fast diabolischen Lächeln, welches dennoch nicht besonders beängstigend wirkte. In der Tat, ein widersprüchlicher Mann. „Was hat Sie vorhin eigentlich so geärgert?", wollte er unvermittelt wissen? „Vorhin?" Verlegen dachte ich an meinen emotionalen Ausbruch zurück und wusste nichts darauf zu antworten. Wenn er dabei gewesen war, dann sprach dies nun wohl doch recht eindeutig dafür, dass er auch dieses Mal *nicht* das Konstrukt meiner eigenen Phantasie, eine Sinnestäuschung sein konnte.

Schließlich jedoch befand ich, dass es darauf ja nun wirklich nicht ankam.

Wer die Frage gestellt hatte, durfte man getrost vernachlässigen. Wichtiger war, *dass* man sie gestellt hatte, und sie somit darauf harrte beantwortet zu werden. Ja, was war es denn tatsächlich nun gewesen, das mich dazu verleitet hatte die Kontrolle zu verlieren und nicht wie sonst davonzugehen, schweigend und mir meinen Teil denkend? Seit meiner Studienzeit war ich nicht mehr annähernd so revolutionär. Vielleicht ja treibt einem das Studium so etwas aus, oder aber man wird einfach älter. Und dennoch: Heute hatte man mir die Beherrschung geraubt.

War es die Bewertung gewesen, die der Pfarrer vorgenommen hatte? Oder eher die Tatsache, dass er sich hierbei nicht einmal die Mühe gemacht hatte eine solche Bewertung auch nur im Ansatz vernünftig zu begründen? War es das Vorschieben eines Riesen, wie Dostojewski, gewesen, hinter dem er sich versteckt und präsentiert hatte? Konnte ich nicht ertragen wie beiläufig man Tschechow zur Seite gewischt hatte, oder ging es am Ende gar nicht um ihn? Immerhin: Niemand würde ernsthaft die Meinung eines Dorfpfarrers, und berief er sich gleich auf eine ganze Armee russischer Schriftsteller, auch nur im Ansatz in Betracht ziehen, wenn es sich um ein Nationalheiligtum wie Anton Tschechow handelte. Worum ging es also dann? Ging es um mich selbst? Oder um all die anderen, die man mit einer Handbewegung hinwegwischen konnte, mit dem Hinweis auf irgendetwas kaum Belegbares, etwas aus dem Zusammenhang Gerissenes? Ging es noch ums Schreiben oder bereits um etwas dem Schreiben weitaus Übergeordnetes?

Die Antwort wurde klarer. Und wie sie klarer wurde, so dachte ich, müsste auch das Tschechow-Trugbild (noch immer war ich mir diesbezüglich unsicher), verschwinden, sich samt Kuchens und Espressos in Luft auflösen. Zu meiner Überraschung hingegen war dem nicht so! Der Herr saß noch immer auf seinem Platz.

„Wissen Sie", er lächelte mich entschuldigend und ein wenig wehmütig an: „Es ist mir einfach nicht möglich gewesen zu gehen. Viel zu lange nämlich", sagte es und nahm einen weiteren Bissen, „hatte ich keinen so guten Apfelkuchen mehr. Von der Sahne ganz zu schweigen!" „Wenn Sie erlauben", schlug ich vor, „geht das zweite Stück auf mich, ach, nein, sehen Sie sich doch bitte im Ganzen als meinen Gast an!" Er lächelte und stellte fest, dass dies eine ganz außerordentlich gute und durchaus moderne Idee sei. Etwas in mir wollte ihm davon erzählen auf welch schnöde Weise er vor kurzem gerade abgekanzelt, verurteilt worden war. Indes- ich brachte es nicht über mich. Zu sehr gab sich dieser auf eine subtile Weise vergnügt wirkende Mann den

Genüssen des Gaumens hin, als dass ich ihn hätte mit derlei unschönen Details belästigen wollen.

„Wir alle urteilen zuweilen", lächelte er mich an, als hätte er geradewegs durch meine Augen hindurch in meinen Kopf gesehen. Ich spürte, wie sich mehr Blut in meinem Kopf ansammelte als mir lieb sein konnte, und ich errötete zu meinem eigenen Unbehagen. „Was glauben Sie denn, was sich der arme Dostojewski damals anhören musste! Da ist es doch ganz normal, ja geradezu menschlich, dass er eben auch mal…meinen Sie nicht? Er muss doch auch mal austeilen dürfen, nicht wahr?" Ich antwortete nicht. Hätte ich geantwortet, so hätte ich sicherlich wider-sprechen müssen, doch war mir nicht danach auch überhaupt nur etwas zu sagen. Tschechow betrachtete mich eine Weile mit offenbar wohlwollender Neugierde, beschloss wohl kurz darauf, dass keine Antwort auf seine Frage zu erwarten sei und beantwortete sie daher kurzerhand selbst. „So sind sie, die Menschen. Sie urteilen. Sie urteilen immer. Daran, so denke ich, muss man sich gewöhnen." Noch immer konnte ich nichts sagen. Etwas, was mich nun zunehmend selbst befremdete, da man mich in der Vergangenheit schon häufig zu diversen gesellschaftlichen Ereignissen eingeladen hatte, und dies vor allem wegen meiner unbestrittenen Fähig-keiten unverbindliche Konversation mit jedem und zu beinahe jedwedem Thema zu führen. Diesmal hingegen wollte es mir nicht gelingen. Ich bemühte mich tapfer darum mir wenigstens einen halbwegs geistreichen Gesichtsausdruck zuzulegen, indem ich meine Augenbrauen in solcher Form zusammenzog als dächte ich nach. Indes war es mir nicht möglich einen Gedanken zu fassen, lediglich Ansätze von Gedanken waren es, die dann doch allesamt eine Art mentales Knäuel hinter sich herzogen, an dem sie in einer Hirnwindung jäh abrutschten. Um es zu vertuschen, nahm ich mir noch etwas Kuchen und spreizte den kleinen Finger nur so weit ab, dass es nicht manieriert sondern immer noch elegant wirken musste. Daher verwunderte mich seine Überleitung, kurzfristig bestürzte sie mich sogar. Noch nicht einmal mit dem Anflug eines Lächelns, welches das Gesagte mit Sicherheit zumindest ein klein wenig zu mildern imstande gewesen wäre, ließ er verlauten: „Ich beispielsweise finde für meinen Teil die Damenwelt in Badenweiler…wie soll ich es nur aus-drücken….nun ja, eben nicht besonders reizvoll." Sollte ich mich angegriffen fühlen? Er meinte doch sicherlich die Damenwelt aus seiner eigenen Zeit, konnte es sich doch unmöglich um etwas Anderes als eine Art Fata Morgana bei meinem Tischgenossen handeln, der ich aus Mitleid und purer Menschenliebe angeboten hatte die Zeche zu übernehmen. Mich konnte er damit nicht angesprochen haben. Das hielt ich, um offen zu sein, für ganz und gar unmöglich. Meine Empörung wich schnell wieder der mir ebenfalls innewohnenden Rationalität, und so kam ich zu der Konklusion, dass selbst diese Tatsache sich auf eine recht simple Erklärung gründet: Da Badenweiler sich eher in einer ländlichen Gegend befand, und noch befindet, fehlte ihm wohl die mondäne Eleganz der Großstadt. „Na ja, die hiesigen Frauen, nicht immer erhebend, wahrlich….oder was meinen Sie wie die Herren Kollegen in der schreibenden Zunft übereinander zu Gericht ziehen? Erbaulich ist das auch nicht gerade!" Pikiert und etwas angestrengt balanciert er mit steifem Arm ein Stückchen Kuchen auf seiner Gabel, die Stirn in Falten gelegt, was auf eine gewisse, fast schon chronische Verstimmtheit hindeutete, welche sich jedoch im selben Augenblick verflüchtigte, in dem er den mit Sahnecreme bedeckten Apfelkuchen mit einem entzückenden, kaum wahrnehmbaren Schmatzen im Mund verteilte. Mir ging durch den Sinn, dass sich ebendies ja offenbar bis heute nicht geändert hatte, legte man die Aussage des Pfarrers zugrunde, aber nicht nur diese. Natürlich war das keineswegs eine neue Erkenntnis, ebenso wenig wie die Tatsache, dass Frauen wohl, Emanzipation hin oder her, von den meisten Männern, auch von den geistreichsten und gebildetsten, auf ihre äußeren Reize reduziert wurden. Sollte ich einfach nur dankbar darüber sein, dass die meinen, zumindest derzeit noch, auf beinahe ungeteilte Gegenliebe stießen? Aber nein. Das wäre viel zu einfach und doch zugleich ein Messer im Rücken einer jeden Frau. Die Kuchendame zog durch das Gärtchen. Lockend offeriert sie weiteres Gebäck. Statt eines Messers hantierte sie mit Tortenhebern und auch sonst schien ihr alles, abgesehen von ihren Kuchenstücken, ohnehin einerlei zu sein. Ich begann sie zu beneiden. Auch, oder vielleicht gerade, weil sie vermutlich auch nicht der eleganten Groß-städterin entsprach die sich ein Tschechow gewünscht hätte. Zumindest vermutete ich das. Beweisen ließ es sich nicht, da sich in seinen Augen ein glückliches Leuchten in just dem Moment erhoben hatte, in dem die Kuchendame sich höflich, doch bestimmt, vor ihm aufgebaut hatte. Ihr breiter Körper warf einen Schatten auf sein Gesicht welcher ihm offenbar sehr zupass kam, ermöglichte er ihm, nachdem die Sonne sich um den schützenden Kirschbaum herum zu ihm hervorgearbeitet hatte, immerhin eine kurze Sonnenpause an jenem ungewöhnlich heißen Sommertage. Deutlich nahm ich das Lächeln wahr, das er ihr zuwarf, während sein Blick zwischen duftendem Gebäck mit geschlagener Sahne und der distanzierten Öffentlichkeit ihrer Augen hin- und herwanderte. „Dieses wohl, die gnädige Dame, bitteschön!". Für einen Moment vergaß er seine Manieren und zeigte mit der kleinen, silbernen fourchette direkt auf das von ihm ausgewählte Stück. Ein Faux-pas, den ich nur mit der Ergriffenheit ob der klaren, einfachen Schönheit des Gesichts, welches von einem etwas aus recht der Mode gekommenen streng geflochtenen Haarkranz eingerahmt war, erklären konnte. Das Gesicht war das Einzige was von ihr zu sehen war, der gesamte Rest ihres Körpers war in geradezu textilbesessener Attitüde geschnürt, vielschichtig drapiert und dabei so überaus kunstfertig mit gelagerten Schichten dünnen, weißen Stoffes aufgetürmt, dass dieses Gewand weder in Farbe noch Komposition der appetitliche satten gelb-weißen Farbe und Konsistenz von ganz besonders kräftig geschlagener Sahne nachstand. Ob er bei ihr eine Ausnahme machte? Gab es Ausnahmen in solch allgemeinen Äußerungen? Erlaubte sich das Urteil überhaupt solcherlei Abweichungen? Vermutlich schon. Mein Interesse war geweckt. Welche konkrete Ausnahme würde der Pfarrer beispielsweise wiederum *ihm* zugestehen oder *mir*?

Oder *ich* dem Pfarrer?

Schwarze Schatten tanzten einen schnellen Reigen vor meinen Augen.

Die Sommerhitze tat mir offenbar nicht gut.

Hastig bestellte ich Cassis mit einem großen Krug Wasser und stürzte es schneller herunter, als es zu Zeiten Tschechows bei Frauen vermutlich ziemlich gewesen wäre.

Erleichterung breitete sich in mir in eben jener Sekunde aus, in dem mich etwas, vielleicht war es ja das vormals besorgte Gesicht Tschechows gewesen, dazu bewog meine steife, unnatürliche Haltung, die mir schmerzhaft in den Rücken gefahren war, aufzugeben.

(Auszug aus: „Schwarze Kirschen", 2019)

GIOVANELLA

Er beachtete weder die ausgebleichten, zerfledderten Bücher, welche einige der Gäste hier gelassen hatten - manche von ihnen vor so vielen Jahren, dass jene, welche sie damals lasen, bevor sie auch auf eben diesen Legestühlen lagen und ihrer Abholung harrten, noch lebten.

Zumeist waren es ältere Menschen, Rentner, dickbäuchige alte Männer, magere Frauen oder dickbäuchige Frauen und magere Männer. Sie ähnelten sich im Alter und in der übertrieben dunklen Färbung ihrer Haut, so als käme es bei ihnen ohnehin nicht mehr darauf an sich vor der Sonne schützen zu wollen. So hatten sie sich allesamt von der Sonne einfärben und gerben lassen, vielleicht um einen Vorrat von dieser Sonne mit sich zu nehmen. Dorthin, wo niemand gern hinging und doch hingehen musste. Daniele konnte es sich nicht anders erklären.

Bunte Handtücher, beige Mützen und Westen, Hawaiihemden und blumig bedruckte, kurze Strandkleider, Rucksäcke, Getränke. Alles war vorbereitet wie zu einem Klassenausflug, nur dass die Schüler alte, hinfällige Menschen waren.

Der Abschied lastete schwer auf dem Hotel. Putz bröckelte von den Fassaden, Schimmel brach sich durch viel zu alte und zu bunte Tapeten, während jene, die auf ihre Abreise warteten, ihre Körper, müde wie sie selbst, auf den Liegestühlen der noch ungewöhnlich heißen Sonne darboten, schlafend, beinahe rührend hilflos, schutzlos auf dem Rücken, so als sei ihnen egal was nun mit ihnen geschähe.

Ihre Koffer standen gepackt und korrekt mit Halterungsbändern versehen neben der Rezeption.

Daniele tändelte um sie herum, während er seiner sonstigen Arbeit, nämlich der die Gäste zu bedienen, nicht nachkommen konnte- schliefen sie doch alle, so dass ihm nichts anderes übrig blieb als einige deutsche Vokabeln durchzugehen, da er seinen Gästen in mehreren Sprachen die täglichen Wünsche erfüllen wollte, doch war er nicht so bei der Sache wie sonst, was ihn ein wenig plagte, da er wusste, dass es ihr, Gabriella, seiner Verlobten, wichtig war.

Sie hatte ihn dazu angehalten viele Sprachen zu lernen, etwas aus sich zu machen. Das bewunderte er an ihr.

Doch heute konzentrierte er sich lieber darauf den Kaffeeautomaten von allen Seiten zu putzen, zu polieren und zu hätscheln wie die Geliebte, die mehr als eine Tagesreise entfernt von diesem öden Touristenort wohnte, und die er in wenigen Tagen wiedersehen würde. Nicht nur für ein paar Tage: Den gesamten Winter.

Ein Lächeln der Vorfreude breitete sich in seinem Inneren aus, doch wusste er sich genug zu beherrschen, um dies nicht nach außen dringen zu lassen. Selbst wenn man ganz für sich in einem Raum ist, das wusste er, durfte man die Professionalität einer Arbeit nicht infrage stellen. Doch seine Gedanken durften bereits jetzt ein wenig reisen- solange der Rest von ihm einen hinlänglich beschäftigten und ernsthaften Eindruck zu vermitteln vermochte.

Bereits am Tag seiner Ankunft würde er das hiesige Meer, welches man aufgrund des niedrigen Wellengangs im Grunde so nicht nennen konnte, vergessen haben - ebenso wie er die Kollegen und die ständig wechselnden Gäste vergessen haben würde.

Gabriella, die Wundervollste - seine Gedanken waren nun vollkommen bei ihr und bei dem Tagtraum, der ihm erlaubte sein Gesicht bereits jetzt in sie zu vergraben, in ihre so weichen, warmen, duftenden Arme. Er würde zwischen ihren großen, schweren Brüsten liegen, ihr schönes Gesicht, ihren Hals und die Brüste küssend. Gabriellas Gesicht, welches von dunklen, fast schwarzen Haaren umrahmt war. Ach dieses Gesicht!

In seiner Vorstellung konnte dieses samtene Haar niemals grau werden, war dies das einzige Gesicht, von dem er zutiefst hoffte, dass es niemals alterte.

Etwas anderes konnte er sich nicht vorstellen, ebenso wenig wie es ihm fassbar erschien, dass ihr Gesicht diese engelsgleichen Züge nicht einfach für immer behalten würde.

Selbstverständlich wusste er es besser. Ein Seufzen stieg leise in ihm auf, fast unhörbar, und doch lag in jenem Seufzer die Trauer, welche sich, wie jeden September, über das Hotel zu breiten begann. Gabriella und auch ihm würde es ebenso ergehen wie eben diesem Hotel, dem alten, brüchigen Anwesen, welches mit jedem Jahr ein wenig dünnhäutiger zu werden schien. Und ebenso wie diesen Halbtoten da draußen in der Sonne. Gerade so als gälte es dem entschieden entgegenzuwirken, bearbeitete er die Kaffee-maschine. Eine jedoch schien gegen solcherlei Unschicklichkeiten, welche das Leben be-drückender weise mit sich zu bringen pflegt, offenbar gefeit: Seine beinahe 100 Jahre alte Chefin, die es sich niemals nehmen ließ im Speisesaal zu erscheinen, an jedem einzelnen Tag in neuer, wunderbarer Garderobe, geradeso als reduzierten sich sämtliche Arbeiten bezüglich einer nötigen Renovierung dieses Hotels ausschließlich auf ihr ständig erneuertes und von sich selbst besessenes Erscheinungsbild.

Sie tauchte pünktlich zum Einlass auf, parlierte auf Französisch, Italienisch, Russisch, Spanisch, Englisch und Deutsch. Daniele hatte nicht zum ersten Mal das ungute Gefühl beschlichen es könnte sich bei ihr um des Teufels Großmutter persönlich handeln.

Zwar waren ihm die abergläubischen Geschichten welche sich die meisten Alten in seinem Heimatort erzählten, zuwider, und ihm lag viel daran auf direktem oder indirektem Weg auf seine geistige Unabhängigkeit hinzuweisen.

Beispielsweise pflegte er seinen Worten immer einmal wieder einen englischen Begriff unterzumischen, um allein schon hiermit auf seine grundsätzliche Modernität hinzuweisen, indes gelang es ihm im Fall der Chiccolina nicht dieses Gefühl von nicht erklärbarer kaum spürbarer und doch bedrohend wirkender Angst von sich abzustreifen. Der Gang der alten Dame ähnelte mehr dem Gang eines Boxers, welcher in den

Ring stieg. Mit einer kaum nachvollziehbaren Disziplin hatte es, so war ihm erzählt worden, keinen einzigen Tag gegeben, an dem man sie nicht im Speisesaal angetroffen hätte, wo sie mit großer Geste und weit ausgebreiteten Armen den Gästen ein Gefühl von Geborgenheit, Willkommen-Sein und Kontinuität zu vermitteln verstand. Etwas Unheimliches ging von ihr aus. Einen Mann an ihrer Seite hatte man nie gesehen, nicht einmal vorübergehend, und doch war sie im Alter von 49 Jahren Mutter geworden. Diese Tochter, mittlerweile selbst in die Jahre gekommen, saß zumeist hinter dem schützenden Holzbalken der Rezeption, welcher ihr ein wenig Platz verschaffte. Im Gegensatz zu ihrer Mutter trug sie schwer an einem Buckel, den sie unter stets schwarzer, weit geschnittener Kleidung vergeblich zu verbergen suchte. Es kam Daniele so vor als habe das Schicksal sie dazu getrieben ihr Inneres durch ein Äußeres zu repräsentieren, welches für sein Empfinden doch zu viele Elemente eines Klischees enthielt, auf welches er lieber nicht näher eingehen wollte. Diese Dinge jagten ihm, ob es ihm zupass kam oder nicht, einen gewissen Respekt ein. Von der Eleganz ihrer Mutter war nichts auf sie übergegangen. Mit ihrer leicht gelblichen Gesichtsfarbe in dem ausgemergelten Gesicht, welches durch die zudem bedauerlich strähnige Beschaffenheit der dünnen, schwarzen Haare auf das Ungünstigste betont wurde, sowie ihrem vorsichtigen, zumeist von einem Spazierstock begleiteten Gang, konnte man schwerlich sie als die Tochter der Grande Dame ausmachen, die noch immer ohne auch nur den Anflug eines Händezitterns imstande war ihren Augen durch einen selbstgezogenen Lidstrich den glühenden, südländischen Blick zu verleihen, welcher sie um Jahre verjüngte - gab er doch ihren Augen eben jene Dosis von Energie zurück, welche ihr das Alter abgenommen hatte wie ein boshafter Strauchdieb, der sich aus reiner Schadenfreude auch der Dinge bediente, die er im Grunde nicht benötigte. So ließ sie sich feiern. Die Angestellten klatschten und riefen ihren Namen, wenn sie den Raum betrat. Ihren Vornamen, Chiccolina- wohlgemerkt. Hier gab es strenge Anweisungen. Es wirkte mondäner, jugendlicher, beliebter, und wurde aus diesem Grund eingesetzt. Alles hatte einen Grund. Bei ihr gab es keine Zufälle. Vertraglich war zwar nicht alles festgehalten, doch wusste jeder der Bediensteten, dass es keinen größeren Faux-Pas gegeben hätte als ihr diese Anrede und diesen Beifall zu verweigern.

Es wäre ein Fehler, der mit dem sofortigen Verlust des Arbeitsplatzes geahndet werden würde. Mit ihren ausgebreiteten Armen, so erschien es Daniele zumindest von Zeit zu Zeit, sog sie die Essenz der Jugend in sich auf. Keiner der Angestellten hatte das 30. Lebensjahr über-schritten. Zugleich erschien es so als würde sie all das auf ihrer Tochter abladen, was ihr selbst zur Last gereichte. Nur Tonio, niemand wusste so recht wie alt er sein mochte, schlich hier und da um das Haus, um nach dem Rechten zu sehen. Man hörte ihn zumeist nicht- es sei denn sein rauer Husten verriet ihn. Diese seine Husten-anfälle konnten sich steigern, so, dass er zu-weilen damit merkwürdig grinsende Katzen vertrieb oder Gäste zu nachtschlafender Zeit weckte. Doch Absicht war dies mit Sicherheit nicht. Das Husten war zwar ein geradezu diabolisches Keuchen und Schnaufen, Krachen und Prusten- zum Haare raufen, das gewiß. Doch Tonio war eine Seele von Mensch.

Er sprang ein, wenn jemand fehlte, doch erschien dies auf keiner Lohnabrechnung. Tonio blieb eigenartig im Hintergrund, ähnlich wie die Katze, die zu niemandem gehörte, und die Daniele gelegentlich mit Küchenabfällen fütterte.

Ohnehin gab es so einige Unregelmäßigkeiten, und man war bemüht jede Neugier von außen auch außen zu lassen.

Und heute, ausgerechnet heute, geschah das, was niemals hätte passieren dürfen- warf es doch mehr als unangenehme Fragen auf. Einer der Halbtoten, wie Daniele sie aufgrund ihres fortgeschrittenen Alters despektierlich nannte, sackte vom Stuhl, röchelte noch einmal kurz und gab dann keinen Laut mehr von sich. Die zwei Menschen direkt neben ihm kreischten auf.

Chiccolina kam herbeigeeilt, schneller als es ihre hochhackigen Schuhe hätten vermuten lassen. Sie spürte es immer, wenn auch das kleinste Etwas nicht stimmte. Das war auch wichtig, denn hier gab es so einige Leichen im Keller und Chiccolina hätte wohl alles, wirklich alles dafür getan diese nicht ans Licht kommen zu lassen. Sanitäter, Polizei oder sonstige Personen, die in ihrem Hotel herumschnüffelten waren ganz und gar unerwünscht.

Korruption, aber auch geradezu diabolische Geschichten, teuflisch, und nicht von dieser Welt, erzählte man sich.

Daniele wusste nichts Konkretes, aber das, was die Kollegen so tuschelten klang schlimmer als der Tratsch der alten Leute in seinem Dorf. Er versuchte das alles zu ignorieren, gut gelang es ihm aber nicht. Auch jetzt wurde sein Körper von einer Gänsehaut überzogen als Chiccolina sich näherte.

„Treten Sie zur Seite!", befahl sie den verwirrten Zuschauern, „Wir werden den Mann umgehend behandeln." Mit einem Kopfnicken zu Tonio hin schnappte sie höchstselbst und energisch seine Arme- wohingegen Tonio, laut hustend mit aschfahlem Gesicht, mit des Touristen Füßen befasst war. Ein walisischer Gast hatte bereits den Krankenwagen gerufen, dessen Sirene man von weitem schon vernehmen konnte. Chiccolina und Tonio schafften den leblosen Körper in die schattige Lobby. Daniele, der höchst eilfertig hinzugerannt kam, wurde mit einer Handbewegung verscheucht, wie eben die Katze, die er ab und an zu füttern pflegte. Als die Sanitäter eintrafen, bot sich ihnen ein erstaunliches Bild. Der Totgeglaubte begrüßte sie, aufrecht sitzend und mit einem ausgesprochen höflichen Lächeln und unterdrücktem Hüsteln.

Chiccolina wirkte nicht im Geringsten derangiert. Ihr türkisfarbener Blazer harmonierte mit Schuhen, Perlenkette und Lidschatten. Nur eine kleine Staubfaser auf ihrem Haar zeugte davon, dass sie wohl kurz im Keller gewesen sein musste, der an die Lobby angrenzte. Vielleicht lagerte sie auch Schnaps oder sonstige Lebenselixiere dort.

Der französische Tourist indessen war zufrieden, wenngleich er noch ein wenig blass um die Nase und neben sich zu stehen schien- was aber in Anbetracht der Umstände durchaus verständlich und zu entschuldigen war. Zuvorkommend geleitete sie die Sanitäter wieder zurück zum Wagen. Tonio hatte sich dezent wie immer zurückgezogen.

Noch konnte Daniele, der das alles aus einem Sicherheitsabstand heraus beobachtete, dies nicht so recht einordnen. Das Gespräch, zu dessen Zeuge er noch am selben Abend jedoch unfreiwillig wurde, tat das Seinige: Eine der älteren deutschen Touristinnen hatte sich aus ihrem Liegestuhl aufgerafft, vermutlich infolge einer gewissen Euphorie, welche nach dem Wunder der Errettung des alten Mannes von der Gruppe kollektiv erfasst wurde, die aber nur bei ihr für eben jenes Aufraffen gesorgt hatte. So war Danieles kurz darauf gefasster Entschluss mit eben jenem Gespräch zu erklären. „Sie sind wie eine Familie für uns alle!", hatte die Touristin Chiccolina auf Deutsch gelobt. Daniele verstand sie ohne weiteres und war in diesem Augenblick Gabriella dankbar, die ihn zum Lernen dieser Sprache gedrängt hatte. Chiccolina reagierte, wie zu erwarten gewesen war, gewohnheitsgemäß majestätisch.

Mit herablassender Freundlichkeit antwortete sie: „Das ist so, weil wir haben jeden unserer Gäste in unserem Herz." *Herz* sprach sie mit einem langen, gedehnten äh-Laut und einem fast spanischen *r* am Ende, während sie zur Untermalung die rechte Hand auf die linke Brust presste, als wolle sie sich symbolisch ans Herz greifen. Erwartungsgemäß fand diese Geste großen Anklang. Gerührt verließ die Touristin, nicht ohne der Chefin und deren Tochter noch einmal die Hand gedrückt zu haben, den Eingangsbereich. Kaum jedoch hatte die lächelnde, ältliche Touristin das Gebäude wieder verlassen, grinste die Alte zu ihrer Tochter hin und sagte hämisch: „Noi non abbiamo un cuore." „Wir haben gar kein Herz!". Das böse Kichern, welches diese Worte begleitete und von der Tochter erwidert wurde, war zu viel für Daniele.

Es war jener Augenblick, in dem er beschloss nie wieder in dieses verfluchte Teufels-Hotel, ins „Giovanella", zurückzukehren.

Zunächst jedoch schlich er sich mit dem Gefühl größten Unbehagens zurück zu seinem Kaffeeautomaten, legte seine heiß gewordene Stirn an das kühle Metall und versuchte verzweifelt sich selbst zu beruhigen, was ihm weitaus schlechter gelang als ihm lieb war. Dann endlich packte er seinen Koffer, seinen Rucksack und verließ fluchtartig das Hotel. Niemals wieder wollte er von diesem Hotel etwas wissen. Und doch erreichte ihn Ende Dezember, er lag gerade in Gabriellas Armen, ein Anruf seines früheren Kollegen, der ihm mitteilte, dass Tonio seit jener Sache mit dem Halbtoten niemals wieder gesehen wurde. Sogar das Meer habe man mit Netzen und Tauchern nach ihm abgesucht. Doch ohne Erfolg. Und so war es, dass Tonio noch Wochen später als verschollen galt. Da es keinen Leichnam gab, blieb der Crew des *Giovanellas* einfach nichts anderes übrig als eine Feier ohne den Toten auszurichten. Daniele murmelte etwas von Beileid ins Telefon, doch ein so tiefes Grauen hatte ihn erfasst, dass er sich enger als sonst an Gabriella klammerte, sich vor allem selbst Leid tat, und er sie den Rest des Tages nicht mehr loslassen wollte. Auf ihre Fragen, was denn los sei, vermochte Daniele nicht zu antworten. Das war etwas, was sich Worten entzog. So viel hatte er von den Alten aus seinem Dorf gelernt. Und doch war er schlau genug sich nicht auf diese abergläubische Bande zu berufen. Nein, er würde das ganz für sich behalten. Seinen Verdacht was mit Tonio ge-schehen war. In Gedanken sah er ihn mit einem Tolstoj-Hemd versehen, ohne jedoch freilich genau zu wissen, dass es sich um ein solches handelte. Sei es drum! Und wenn er es sein ganzes Leben mit sich herumtragen müsste. Zumindest eins würde ihm für immer erspart bleiben. Niemals, wirklich niemals wieder könnte ihn eine Menschenseele dazu zwingen die Schwelle des unsäglichen Hotels „Giovanella" zu übertreten. Keine Menschenseele. Derweil be-schwerte sich ein schwächlicher, französischer Tourist im elsässischen Colmar vehement darüber, dass er von seiner italienischen Reise einen furchtbaren Husten mitgebracht habe. „Dieses Krachen und Machen, das Reißen in den Seiten, das Prusten und Pusten das Keuchen und Schnaufen- zum Haare raufen! Hatte ich doch sonst nie!" „Sei doch froh, dass du noch lebst", hatte ihm seine Frau geantwortet. Doch, er wusste selbst nicht woher dieser schreckliche Verdacht kam, zuweilen bezweifelte er dies. „Du lagst einfach zu lange in der Sonne, ganz einfach!", beschloss Madame das unangenehme Gespräch. „Und jetzt noch der Husten!"

„Im nächsten Sommer passt Du besser auf Dich auf! Wir wollen doch wieder ins Giovanella, comme toujours, naturellement". Er fühlte sich innerlich zerrissen. Am meisten deswegen, weil etwas in ihm unbedingt dorthin zurück-wollte. Es war wie ein innerer Kampf, den er jedoch nicht führen musste. Wusste er doch, dass es ohnehin keine Widerrede gab.

Wenn seine Frau sich etwas in den Kopf gesetzt hatte, dann war da nichts zu machen.

VON NASEN UND VASEN

Zuweilen kann es in Hotels geradezu unheimlich einsam werden. Manchmal, wenn ich da allein am Tisch sitze, warte ich auf dieses Kind mit den Schlupflidern. Ich warte darauf, dass es auftaucht, mich anspricht und mir mitteilt, dass ich längst tot bin. Aber es erscheint nicht. Man bringt mir sogar Speisen an den Tisch. Speisen, die ich imstande bin zu essen, Getränke, die ich leeren kann. Offenbar bin ich also doch nicht tot. „Buona sera, gentile Dottoressa". Der Oberkellner hat heute die besten Manieren. Ich muss nicht mehr nach dem kleinen Jungen schauen, dennoch verstecke ich mich ein wenig hinter der orangenen, bauchigen Vase. Es ist Halloween. Als Vorspeise wird eine Art Finger gereicht, gebacken und unerfreulicherweise täuschend echt aussehend. Ein leichenblasser Finger mit einer hauchfeinen Mandelscheibe als Fingernagel. Der Finger ist leicht gekrümmt. Genau sieht man die jeweiligen Glieder. Der Koch scheint über ganz besondere anatomische Kenntnisse zu verfügen. Ich schiebe den Finger mit der Gabel unter den Salat und weigere mich ihn zu essen. Als

Hauptgang gibt es etwas, das an ein menschliches Gehirn erinnert, eine furchtbare Masse, die aber erstaunlich gut schmeckt. Nachdem ich die Vorspeise ausgelassen hatte, wird mein Hunger nun doch zu groß, um auf dieses matschige Etwas zu verzichten. Zum Nachtisch gibt es gebackene Totenköpfchen und Schokoladenfledermäuse mit einer extra Portion Kuvertüre an den Flügeln. Sie schmecken ausgezeichnet. Nun ja, offenbar bin ich tatsächlich noch nicht tot. Neben mir sitzt eine blonde Italienerin mit riesiger Nase, ausschweifender Familie und Hexenhut. „Cara Signora!", sie lächelt mich an. Also kann auch sie mich offenbar sehen. Der Oberkellner kommt, räumt ab, zackig, gekonnt. Will wissen, ob es mir geschmeckt hat. Ich nicke schwach und schleppe mich auf mein Zimmer. Erschöpft nage ich an meinem Proviant für die Nacht, einer Schoko-ladenfledermaus. Eigentlich bin ich bereits satt. Doch darf ich die eiserne Regel nicht brechen. Schon gar nicht an Halloween. Übermäßige Einsamkeit erfordert nämlich, ohne Ausnahme, Schokolade. Doch dann, wer weiß schon wie diese Dinge passieren, werde ich selbst zu dieser (etwas angenagten) Fledermaus. Kann das die

Nebenwirkung eines Zuckerschocks sein? Wilde Halluzinationen, hervorgerufen durch jahre-langes Sich-Ein-kapseln? Davon konnte indes mittlerweile jedoch nicht mehr die Rede sein. Ich sauste an der Decke entlang, verließ, (auch das ist mir ein Rätsel), das Hotelzimmer ohne die Klinke zu nutzen, flitzte durch die Lobby, immer den Tönen nach hin zu der großen Halloween-Party, die, wie jedes Jahr, in diesem Hotel gegeben wird, und die mittlerweile einen geradezu legendären Ruf genießt. „Buona notte, Dottoressa". Ein etwas enthemmt grinsender Hexenmeister begrüßt mich formvollendet, während die blonde Hexe, nebst Nase und Familie, um mich herumtanzten. Ja, auch die Nase tanzte zuweilen ganz für sich allein. Ein enormer Kronleuchter hatte die Feiergesellschaft in ein hoheitliches Licht gehüllt; Spinnweben hingen daneben herab, aus dem Nichts kommend, ein großer Kürbiskuchen und Punsch standen in der Mitte des Raumes. Das Klavier spielte von selbst, und sogar, ich versichere es Ihnen, die Stühle und die Tische tanzten Mambo. Ich als kleine dunkle, flinke Fledermaus konnte nicht genug davon be-kommen in Windes Eile von der einen Seite des

Raumes zur anderen zu gelangen und wieder zurück. Man glaubt ja nicht wie viel Energie man als Fledermaus so hat. Möglicherweise wurde diese Energie gemeinsam mit meinem zuvor erfolgten Zuckerkonsum kumulierend auf die Spitze getrieben. Ich flog vornüber und hintenüber, dribbelte in der Luft, drehte mich wie ein Kreisel zu allen beliebigen Seiten- sogar zu solchen, die man außerhalb dieses Festes in der Regel nicht zu sehen bekommt, und fand mich schließlich in einer ganzen Kolonie weiterer Fledermäuse wieder. Diese hingen friedlich mit dem Kopf nach unten und ruhten sich offenbar ein wenig aus. Ohne zu zögern gesellte ich mich zu ihnen. An Halloween sollte, zumindest wenn sie mich fragen, niemand einsam sein. Eine Fledermaus, vor allem einem eine solche aus echtem Schokoladen-Butter-Keks-Teig am allerwenigsten. „Darf ich Sie denn zu Ihrem Zimmer geleiten, Dottoressa?", fragte in den frühen Morgenstunden dienstfertig der Hexenmeister. Ich kicherte ein wenig verlegen mit meinen viel zu spitzen Zähnen, willigte dann aber dennoch ein. So viel Liebenswürdigkeit durfte man unter keinen Umständen unbeantwortet lassen.

WEIMARER TASCHEN

Nach dem Besuch des Goethe -Hauses in Weimar rechnete ich geradezu damit, dass mir selbstverständlich Goethe höchstselbst diesmal im Traum erscheinen würde. Wie ich in meinen obigen Äußerungen ja bereits angedeutet hatte, wäre es durchaus nicht das einzige Mal gewesen, denn Kafka, Schopenhauer, Tschechov und andere hatten bereits meinen Weg gekreuzt.

Also musste ich nichts weiter tun als mich noch vor Mitternacht (der Schlaf vor Mitternacht soll der gesündeste sein) zu Bett zu begeben und auf das Erscheinen des Geheimrates zu warten. Ich weiß nicht wer meine Träume in jener Nacht bis zur Unkenntlichkeit verdunkelte, doch zu meiner leichten Ungeduld, die einer mittleren Empörung wich, tauchte er nicht auf. Zunächst scholt ich mich selbst ob solch unrealistischer Erwartungen - sozusagen via Knopfdruck auf den Geheimrat zu treffen nur weil ich in dieser, mit ihm so häufig assoziierten Stadt verweilte. Überlege man sich einmal, was er allein hier Nacht für Nacht zu tun hätte, sollten alle Bildungstouristen hier ähnlich ehrgeizige Forderungen an ihn stellen.

Also verließ ich das Hotel am nächsten Morgen mit dem festen Vorsatz mich um vernünftigere Wünsche zu bemühen, wobei ich beinahe über die Aktentasche eines am Boden kauernden Mannes gestolpert wäre. Vom Zustand seiner Kleidung und seines Barts zu urteilen, wohnte er wohl auf der Straße. Die Aktentasche: Feinstes, geschmeidig-hellbraunes Leder, noch in der Blüte ihrer Eleganz verwies hingegen auf eine gewisse Widersprüchlichkeit, was diesen Herrn betraf, und stellte meine eigene Tasche, wenngleich und Unikat ein Ausstellungsstück in den Schatten. „Entschuldigen Sie bitte", flüsterte er höflich, wobei er seine Tasche zur Seite zog. Warum flüsterte er? Ich sah genauer hin. Der Mann schien sich in einer Art imaginären Unterhaltung mit jemandem zu befinden. Meine Neugier war geweckt. Hinter diesem Gesprächspartner mochte sich doch, da war ich mir recht sicher, niemand Geringeres verbergen als nun eben doch der Geheimrat. Und ich war ihm auf die Schliche gekommen! „Darf ich dem Gespräch beiwohnen?" fragte ich eben so höflich wie aufdringlich. Aufdringlichkeit liegt mir im Grunde nicht, doch bin ich geruht in solchen Situationen

106

ein Auge zuzudrücken. „Wo denken Sie hin, junge Frau?", empörte er sich, wobei er immer noch flüsterte, was seine Empörung nicht so recht zum Vorschein brachte. „Immerhin unterhalte ich mich mit mir selbst, und da wäre es doch wirklich mehr als unschicklich…" Das leuchtete mir unmittelbar ein. Nickend, und mit einer dezenten und entschuldigenden Geste war ich gerade im Begriff mich zu verabschieden, als er mich mit einer recht unauffälligen, nichtsdestotrotz jedoch eindringlichen Gebärde davon abhielt.

„Bleiben Sie doch. Es ist ja zuweilen immerhin angenehmer sich mit einer lebendigen Person zu unterhalten und nicht nur…" Er räusperte sich:

„Also lebendig bin ich selbstverständlich auch. Nicht, dass Sie noch meinen…also an mir ist alles dran, was es zum Lebendigsein braucht, da können sie sicher sein. Aber ich wollte etwas ganz Anderes sagen." Nachdenklich fasste er sich an den Kopf: „Es ist nur so, es kommt vor, dass mich ab und an Menschen beehren, die eigentlich nicht mehr unter uns weilen- wenn Sie wissen, was ich meine." Ja. Ich wusste genau was er meinte; war es mir in der Vergangenheit nicht viel anders gegangen. Wer wartete ihm auf? Es musste doch einfach der Geheimrat sein! Oder etwa nicht? „Wer….?" „Ach, so, ja,, Musiker, Schriftsteller, ab und an auch mal ein Philosoph, unterbrach er mich ungeduldig. Meine Gedanken weiterzudenken schien ihm keinerlei Mühe zu bereiten. „Ist es jemand, den man so im Allgemeinen kennt- vielleicht handelt es sich gar um jemanden, der hier bereits lebte?" Ein wenig plump erschien mir meine Frage ganz ohne Zweifel, doch musste ich ja immerhin irgendwo mit meinen Nachforschungen beginnen. „Den Geheimrat meinen sie?" Ich nickte, eine Spur zu beiläufig, was er wohl als mangelndes Interesse auslegte. Er hielt mit dem Sprechen inne und beförderte stattdessen ein belegtes Brot aus seiner feinen, braunen Aktentasche. „Wie ist er denn so?", begann ich das Gespräch wieder ankurbelnd, ohne jedoch allzu lauernd wirken zu wollen. „Er ist nie der, der er vorgibt zu sein", antwortet mein feiner Herr, weitere Brote aus seiner edlen, braunen Tasche verzehrend. „Wer ist er denn dann?" Meine invasive Gesprächs-führung animierte ihn zumindest zu einer halbwegs hinreichenden Ausführung.

„Ein Wandler ist er; greifen kann man ihn nie. Und Angst hat er!" „Wovor?" Nun antwortete mir mein feiner Herr nicht mehr.

Vielmehr blickte er mich mit einem Ausdruck an, der mir zu verstehen gab, dass er jede diesbezügliche Erläuterung als höchst überflüssig empfand.

Ich ging zurück ins Hotel, und während ich auf dieses Gebäude mit den vielen Fenstern blickte, welches eben aus diesen vielen Fenstern argwöhnisch zu mir zurückzublicken schien, war es für mich einen Augenblick so, als könnte dies die Antwort sein.

Er hatte Angst vor Hotels gehabt!

Aber nein, das war zu abwegig. Geradezu *ridicule*. Ein unsicherer Mensch war er mit Sicherheit nicht gewesen.

„Wissen Sie es nun?" Der feine Herr war mir tatsächlich gefolgt.

„Vor Hotels?" Fragte ich ins Blaue hinein. „Machen Sie sich nicht lächerlich! Angst vor Hotels hatte lediglich Kafka. Vor Hotels und davor, dass jemand merken könnte, dass er von den Russen abgeschrieben hat." „Wenn Sie es schon wissen, dann sagen Sie es mir doch endlich!" Bedauernd zog er die Achseln hoch: „Das müssen Sie schon selbst herausfinden....nun ja, wenngleich ich für ein wenig Kleingeld eventuell eine ganz winzige Ausnahme machen könnte." Nun hatte er seine Glaubwürdigkeit eingebüßt. „Wieviel soll es denn sein?", fragte ich ihn ohne auf eine gewisse Ironie in meiner Stimme zu verzichten. „Darauf möchte ich mich nicht festlegen." Nun schien mir der Moment für einen weiteren Versuch gekommen: „Er wollte sich nicht festlegen- war das seine Angst?" „Möglich". Mehr sagte er nicht mehr.

Noch im Gehen steckte ich ihm einen Schein zu. Einen Herrn mit so feiner Ledertasche sollte man nicht unterbewerten. Außerdem ergab das, was er gesagt hatte, in gewisser Weise einen Sinn.

Immerhin: Der Geheimrat hatte sich nicht an unsere, an meine Verabredung gehalten.

Das Hotel wurde nun in einem solchen Winkel von der Sonne beleuchtet, dass die Fenster wie blind wirkten, nicht mehr imstande mich zu ängstigen.

Ruhig begab ich mich auf mein Zimmer und verbrachte den Rest des Tages damit mir zu überlegen, ob nun der Geheimrat in dieser Nacht kommen würde oder nicht. Endlich aber, als mir die Antwort darauf egal zu werden begann, schlief ich ein.

RABENBÄUME

Ein Rabe schiss dem Studienassessor Kruppke, wenn nicht aus reiner Boshaftigkeit, so doch aus voller Absicht auf die Jacke, während dieser sein Hotel, eine recht schäbige Unterkunft, zugunsten eines abendlichen Spaziergangs verlassen hatte. Er schiss ihm auf die neue, eigens für einen Lehrer-Kongress erstandene Jacke, knapp oberhalb seines Herzens, wobei auch noch sein gesamter Handrücken sowie die Nasenspitze in Mitleidenschaft gezogen wurden. Obgleich er sich, da dies nicht unweit seines Hotels vorgefallen war, in der immerhin verhältnismäßig glücklichen Lage befand sogleich unbesehen und flink in den Schutz seines Zimmers flüchten zu können, um dort das Ungemach zu entfernen, was man ihm doch durchaus zum Vorteil hatte anrechnen können, griff etwas in ihm diesen Vorteil nicht auf, ebenso wenig wie den glücklichen Umstand, dass er noch nicht einmal vom Nachtportier gesehen worden war. Vielmehr weigerte er sich beharrlich diesen Vorteil anzuerkennen. Alles war gegen ihn.

Auch dieses Hotelzimmer. Es verhöhnte ihn. Kruppe nahm es genau wahr. Das Quietschen seines Bettes, wenn er nicht umhin konnte sich des Nachts in ihm umzuwenden. Es klang wie ein unwirkliches Lachen, ein Rabenlachen. Das Zimmer wurde kleiner und schrumpfte mit ihm. Um genau zu sein, schrumpfte das Zimmer stärker als er, denn wie sonst hätte ihm dies auffallen können? Er selbst, fast nur noch in Rabengröße, wurde dennoch von diesen bedrohlichen, dunkel auf ihn zuwachsenenden Mauern beengt. Der Stoff des Bettes sah mit einem Mal schäbig aus, zerschlissen und so alt wie der erste Rabe, der sich jemals in der Ortschaft sehen ließ, welche sich mit dem heutigen Tage und mit der Hilfe des schwarzen Gewimmels gegen ihn entschieden hatte. Fremd, fremder, ein Hotelzimmer, das kein Gästezimmer war, das ihn nicht beherbergte sondern bedrohte. Die Lampen, dumpf und gelangweilt wie böse kleine Augen, waren Zeugen seiner Qual, seiner Demütigung und der Entscheidung, zu der man ihn zwang.

So entschied sich etwas in ihm, von diesem Tage an, der ihn gelehrt hatte, dass sich jederzeit und aus vermeintlich heiterem Himmel ein solch grässliches, infektiöses, stinkendes Ungemach auf ihn ergießen konnte. Er entschied sich also ganz schlicht und einfach verrückt zu werden. Was sonst bliebe ihm als Ausweg? Einem schuldlos Angeschissenen, vom Schicksal und von vagabundierenden Raben aufs Ärgste verhöhnt?

Zunächst begann es damit, dass er nur noch mit aufgespanntem Regenschirm aus dem Haus ging, und man sah ihn überdies zunehmend schlampig gekleidet, womit zugleich auch eine schleichende Vernachlässigung seiner sonstigen, eher rigiden Säuberungsrituale einherging und in einigermaßen bizarren, neuen Bekleidungsgewohnheiten mündete, die sich unter anderem darin äußerten, dass er verschiedene Schuhe anzog. Das Paar getrennt, mal ein brauner Schuh links und ein grauer Schuh rechts, dann wieder vertauscht. Das Gleiche übertrug er auf Socken und Handschuhe, auf alles paarweise Auftretende.

Recht bald bot Kruppke ein ausgesprochen wunderliches Bild. Allein dies ist ja für sich bereits ausreichend, um das Gespött der Umgebung auf sich zu ziehen. Hinzu kamen Diebstähle. Es begann damit, dass Kruppke wohl im Drogeriemarkt eine bedauernswert teure Creme gegen trockene Haut erstanden hatte. Diese war jedoch zwar auf dem Abrechnungszettel nicht aber bei seinen übrigen Einkäufen aufzufinden gewesen. Einige Jugendliche hatten sie ihm entwendet. Nach diesem Vorfall wurde Kruppke ängstlich. Nicht nur das. Auch begann seine Haut nun noch stärker zu jucken, wurde dünn, pergamentartig. An den Schultern war es nach einiger Zeit so gravierend, dass sich offene Stellen bildeten, die sich von Zeit zu Zeit entzündeten. Die weiteren Diebstähle, so wie Wäsche, die von der Leine in seinem Garten gestohlen wurde, oder das plötzliche Abhandenkommen einer kleinen Schneeschippe, wurde von ihm verstört zur Kenntnis genommen. Wie er sich dagegen wehren sollte, wusste er nicht. Seine Gedanken wurden dichter, wirrer, und er verfing sich zuweilen in ihnen so wie ein Vogel in einem Netz. Ohnehin begann er sich zunehmend mit ihnen zu vergleichen. Manchmal kam es ihm so vor, als wüchsen aus den wunden Stellen auf seinen Schultern winzige, flaumartige Federn. Auch hatte sich seine Stimme seit dem Vorfall mit den Diebstählen verändert, war krächzend und ein wenig hohl geworden. Ein bunter Schal, den er fortan ständig trug, sollte Abhilfe schaffen, sich schützend um ihn legen und seine Stimmbänder schonen. Allerdings war der einzige Effekt, den der bunte, grobgestrickte Schal hervorrief, der eines weiter gesteigerten Spotts durch die Umwelt. Das Gelächter und Geflüstre, Gezischle und Germurmel marterte sein so empfindlich angegriffenes Nervenkostüm. Etwas in ihm hoffte darauf, dass der Spott sich irgendwann abnützen, langweilig werden würde. Er brauchte also nur Zeit. Zeit... Doch dann kam der Tag, es mag für einige von uns beklagenswerterweise solche Tage geben, an dem einem (und nun in diesem Fall ihm) vollends der Boden unter den Füßen entzogen wurde. Dies hatte mit einem ganz besonderem, bösem Spott zu tun. Unerklärlicherweise bezog sich dieser besondere Spott, was den Studienassessor Kruppke weitaus tiefer verunsicherte als der Spott an sich, zumindest an dem Tag, an welchem Kruppke diesen besonders schmerzhaft mitbekam, auf Raben. Ihm war nicht bewusst, dass es sich hierbei um einen harmlosen, wenngleich höchst unerfreulichen Zufall handelte. Ein zu jener Zeit kursierender Witz, welcher ausgerechnet *Raben* zum Gegenstand hatte, und vor allem darauf abzielte einen sonderlich wirkenden Mitmenschen zu diskreditieren, verunsicherte ihn. Selbstverständlich wusste noch immer niemand von dem Missgeschick, das dem armen Kruppke so schändlich widerfahren war. Er war überdies mittlerweile aus der fremden Stadt, aus dem Hotel, in die Sicherheit seiner eigenen Wohnung zurückgekehrt. Diese befand sich mitten in der Stadt, von keinem einzigen Baum, keinem Rabenbaum verunziert. Kein Rabe, kein Rabennest weit und breit. Auch das Corpus Delikti, die ruinierte Jacke, hatte er entsorgt.

Niemand hatte ihn gesehen, und niemand konnte es wissen. Oder doch? Oder doch? Dass er dies, allem misstrauend, glaubte, verstärkte in ihm Argwohn und Eigensinn. Der Witz, welcher sich auf Raben bezog, war ,wie ich selber fand (auch mir wurde er bei einer mehr oder wenig passenden Gelegenheit zugetragen), gar nicht einmal so dumm- wenigstens weitaus weniger dumm als die Verbreiter solch gearteter Nachrichten. Der Witz trug sich folgendermaßen zu: Ein Mann - (es ist dahingestellt was für ein Mann das sei) - wünscht sich, ein Rabe zu sein. Er äußert diesen Wunsch mit dem Hinweis, dass er dann fliegen könne. Daraufhin mischt sich ein Zweiter in diese Überlegung ein und verkündet, dass er selbst am liebsten zwei Raben sei, da er dann hinter sich selbst herfliegen könne. Ein Dritter - (wie immer in solcherlei Gesprächen neigt immer der Dritte zu ausgesprochenen Übertreibungen)- ließ daraufhin verlauten, dass er gerne drei Raben sei. Immerhin könne er so sich dabei zusehen wie er sich selbst hinter-herflöge. Kruppke, von diesen wahrlich skurrilen

Andeutungen zutiefst verunsichert, magerte in kurzer Zeit bis auf die Knochen ab, erschrak vor dem Anblick seines eigenen Körpers im Spiegel, quittierte den Schuldienst und sah sich mit einem Mal von dem Gedanken besessen die entsorgte, einst beschmutzte Jacke wiederfinden zu müssen, sie anschließend nurmehr mit dem Futter nach außen zu tragen um das Geschehene gewissermaßen umzudrehen. Er musste sich selbst wiederfinden. Widerwärtig war sein Leben geworden, unerträglich das Jucken seiner Schultern, die Brüchigkeit seiner Stimme, die Hagerkeit seiner Hände, welche nun mehr an Klauen gewahrten denn an Hände. Ungewiss, ob diese Strategie einen Erfolg für Kruppke nach sich ziehen konnte. Ungewiss war auch sein weiterer Verbleib. Unberührt waren Kleiderschrank und Bett, als man schließlich nach ihm suchte. Auffallend war allerdings, dass all´ seine Bücher auf dem Boden verstreut lagen - mit aufgeschlagenen und zum Teil herausgetrennten Seiten. Die Bücher sahen aus als höben sie zu einem Flug an, von dem sie nicht mehr zurückzukehren gedachten. Die herausgetrennten Seiten gemahnten an die Federn, welche wohl jeder Vogel bei einem solchen Vorhaben lassen muss. Alles in allem bot Kruppkes Wohnung ein rätselhaftes Bild. Eine einzige Rabenfeder, fettglänzend, mittig auf seinem Badvorleger platziert, verstärkte dieses Mysterium noch, welches ich, das gebe es zu, in seiner Inszenierung albern fand. Ärgerlich ist es mir jedoch, dass ich mich, im Rahmen meiner Recherchen, selbst dabei ertappte in den Zügen eines jeden Raben der meinen Weg kreuzte nach denen von Kruppke zu fahnden. Ich stieg in dem gleichen Hotel ab in dem er damals gewohnt hatte, mich immerzu selbst ermahnend Rationalität walten zu lassen. Ich schritt den Weg seines Abendspazierganges entlang, befragte Nachbarn, Passanten, frühere Kollegen sowie einen entfernten Onkel. Ich las Artikel über Raben und über geheime Metamorphosen. Vergeblich. Und so schmerzt es mich festzustellen, dass diese merkwürdige Begebenheit bis heute nicht zufriedenstellend aufgeklärt werden konnte.

DAME MIT HÜNDCHEN

Der bereits in einer anderen, weitaus berühmteren Erzählung, verwandte Titel soll und wird nicht zu Verwechslungen führen; da bin ich guter Dinge. Dass dergleichen Möglichkeit sich bald in Luft auflöst, dafür wird bereits ein subtiler Hinweis darauf ausreichen, dass es sich in der von mir geschilderten Begebenheit um eine durchaus betagte Dame handelt. Nach eigenen Angaben ging sie bereits auf die Hundert zu, und dass es ihrem geliebten Hund, zumindest beim Zugrundelegen des Multiplikationsfaktors, mit dem man Hundejahre berechnet, ähnlich erging wie ihr. Es handelte sich also um eine ungewöhnlich alte, fragile Frau mit den Augen einer Leinwandgöttin und mephistophelischem Kinn. Ihr Hund war klein und grau-meliert. (In der Frisur ähnelten sie sich und entsprachen hiermit der weitverbreiteten Vermutung, das sich Hunde und Herrchen-respektive Frauchen- mit der Zeit einander anzugleichen pflegten). Doch zurück zu den markanten Attributen des Damen-Kopfes. Auffallend waren ihre großen, junggebliebenen Augen. Ich kann mich kaum erinnern jemals schönere Augen gesehen zu haben. Ihre Nase war gerade und klassisch geschnitten, etwa wie man es sich bei einer griechischen Statue vorgestellt hätte. Ihre Haut war hell, besonders zart und das Kinn von so ausdrucksstarker Ausladung, dass es ihre Schönheit durchbrochen hätte, wenn man nicht, wie es bei ihr eindeutig der Fall war, automatisch immer wieder den Blick zu ihren Augen hin schweifen lassen musste. So lief sie brav mit ihrem winzigen Hündchen in der Hauptstraße Badenweilers entlang, trippelte gar ein wenig geziert- der Eleganz wegen. Derweil war sie in Gedanken an ihren Mann versunken, einem, (wie ich bei einem späteren Gespräch erfuhr), feinfühligen und in der Kunst der Diplomatie ausgebildeten Herrn mit einer tiefen Liebe für Russland, welcher, zu ihrem Bedauern, am Genfer See zurückgeblieben, sie allein auf diese Reise geschickt hatte. Sein Gesundheitszustand war nicht von der Art, die ihm erlaubt hätte Reisen zu unternehmen, schon gar nicht wenn es sich um Reisen außerhalb des Landes handelte. Die Dame flanierte also, in Gedanken bei ihrem Mann und mit stolzem Blick auf ihr eben erst beim Hundefriseur so trefflich herausgeputztes Hündchen Dmitri Nikolaje-witsch. Es muss auf der Höhe der Apotheke gewesen sein, als eine harte, knarrende Stimme sie wie ein Faustschlag traf: „Nehmen Sie den Köter weg!" Er hatte sich vor ihr aufgebaut. Mittelgroß, dunkelblond und auf eine unvor-teilhafte Art schwitzend. Bevor die Dame noch imstande war zu antworten, wandte er sich an die vorbeipromenierenden Kurgäste und ließ verlauten, dass eben diese Person samt ihres räudigen Köters aus den „Baracken" stammte. Nun konnte sich der durchschnittliche Baden-weilener Tourist eher wenig unter dieser Ortsbeschreibung vorstellen. Dennoch drängte sich die Assoziation, auf es handele sich bei der Dame um einer böswillige Bettlerin, welche sich mit ihrem listigen Begleiter unter die anständigen Leute gemischt habe, um sie zu bedrohen, ihnen von ihrem verschlagenen Hündchen verwegen die Hosenbeine aufschlitzen zu lassen, vielleicht Schlimmeres. Ein, zugegebenermaßen, durchaus geschickter Schachzug des Mittelgroßen, da nun niemand, der es zuvor möglicherweise erwogen haben könnte ihr und Dmitri Nikolajewitsch zur Hilfe zu eilen, nun noch etwas davon wissen wollte. Die Dame, ob solcher Unverschämtheiten nun ihrerseits in haltlose Rage versetzt, begann den Mittelgroßen zu beschimpfen, ihm gar Schläge anzudrohen. Ihre Erziehung auf einem schamlos teuren Schweizer Internat, (auch hiervon sollte ich noch erfahren), war unversehens ins Hintertreffen geraten, nachdem man sowohl sie als auch ihr Hündchen auf solcherlei Art geschmäht hatte. Der Mittelgroße musterte sie hämisch und stellte siegessicher fest, dass sie ja durchaus nicht mehr die Jüngste sei, ganz im Gegenteil. So handle es sich bei ihr um ein besonders widerwärtiges Exemplar einer überflüssigen alten Schachtel. Das volle Geschütz ihrer Augen, kombiniert mit dem bereits oben erwähnten Kinn verfehlten ihre Wirkung indes nicht. So veränderte sich seine Haltung sogestalt, dass ihm die Angst vor einer präzis gesetzten Rechten der hageren Greisin anzusehen war. Er trollte sich als habe er die angedrohten Schläge tatsächlich bereits erhalten, und ließ die noch immer aufgewühlte Dame zurück, die einfach nicht verstand was sich da zugetragen hatte. „Es gefällt mir hier nicht mehr hier, ich möchte nach Hause", schluchzte sie, sich Trost suchend an mich wendend. Zugleich presste sie den armen Dmitri Nikolajewitsch, welchen sie mittlerweile hoch-genommen hatte, fest an die bebende, schmale Brust. Das Beben hörte gar nicht mehr auf, so sehr ich auch bemüht war ihr gut zuzusprechen. *„Mon coeur"*, flüsterte sie ihrem Hündchen hierbei beschwörend zu. Wir waren mittlerweile, etwas von der Apotheke abge-drängt, vor einer Konditorei gelandet. Einer Eingebung folgend, lud ich sie ein. Schwarzwälder Torte mit feinen Kirschen hat bestimmt noch niemandem geschadet, der gerade auf das Schändlichste beleidigt worden war. Interessiert beobachtete ich wie sie Stückchen für Stückchen auf ihre Gabel schob und hoffte dabei auf eine Transformation durch die Ausschüttung von Glückshormonen zuverlässig begünstigt durch die Torte. Dem perfekten Glück aus lockerer Sahne, Alkohol, Schokolade und Kirschen war kaum zu widerstehen. Ich war recht guter Dinge, dass ihrer verständlichen Verstörung auf diese Weise beizukommen war. Ihrem Hündchen war vom Kellner derweil ein Schälchen mit Wasser offeriert worden, wobei er es zugleich mit zahlreichen Kosenamen bedachte, was, wie ich hoffte, die frisch geschlagenen Wunden wieder schließen würde. Doch war es, wie ich feststellen musste, nicht so leicht. Noch immer bekümmert verabschiedete sich die Dame nach etwa einer Stunde von mir. Am nächsten Tag sah ich sie wieder- genau an der gleichen Stelle vor der Apotheke. Diesmal jedoch wirkte sie nicht mehr traurig, auch nicht verstört und keinesfalls ängstlich. Vielmehr hatte sie ihr übergroßes Kinn nach vorn gereckt. Sie patrouillierte! Ganz klar. Ein Blick in ihre blitzenden Augen verriet mir, dass sie auf ihn wartete. Auf ihn, um ihm die versprochene Abreibung zu verpassen. Wir blickten uns kurz an, und ich wusste was sie vorhatte. Sie wusste wiederum, dass ich es wusste. „Wie soll ich sie nur davon abhalten?" überlegte ich hilflos. Währenddessen fiel mir unvermittelt auf, dass selbst das Hündchen sein Kinn kämpferisch streckte. Es war entschieden.

Ich würde sie nicht davon abhalten. Ich würde es noch nicht einmal versuchen.

Zum Abschied zwinkerte ich Dmitri Nikolaje-witsch aufmunternd zu. Ihr jedoch gab ich ganz feierlich die Hand.

BÜCHER

Jedes Hotel, in dem ich absteige, wird zuallererst auf seine Hotel-Bibliothek untersucht.

Es ist nicht so, dass Bücher das Einzige wären, was ich an Hotels zu schätzen weiß.

Doch ist es etwas Essentielles. Bücher sind etwas, an dem man sich festhalten kann, in denen die eigene Sprache gedruckt steht, wenn einen das Heimweh überkommt. Bücher sind bei einem, wenn einen sonst niemand kennt, wenn einem die anderen zuweilen so seltsam und fremd vorkommen, als sei man nicht aus dem benachbarten Land, sondern vielmehr aus einer weit entfernten Galaxie angereist.

Da die Bücher meist aus zurückgelassenen, verlassenen Büchern bestehen, scheinen auch sie zu schätzen zu wissen, dass man sich für sie interessiert, dass man sie stets bei sich trägt, behutsam ihre Deckel streift und sich viele Stunden in sie vertieft.

Diese Bücher, besonders jene aus Hotel-Bibliotheken, kann ich niemals zurücklassen.

Man darf ein Buch kein zweites Mal aus der Hand geben. Die meisten Menschen verstehen das nicht, doch die Bücher selbst haben es mir verraten.

Es ist der Grund warum sie in solchen Fällen zerfleddern und ihre Hülle unansehnlich wird.

Eine Art Depression des Buches oder eine delikate Verwahrlosungserscheinung, die von uns Menschen stets falsch eingeordnet ist. Und das ist noch ein weiterer Aspekt: Das falsche Einordnen von Büchern. Man glaubt gar nicht, was es da eigentlich zu berücksichtigen gibt.

Eigentlich. Nein. Das kann ich ihnen nicht antun.

Jenen, die mich während meines Aufenthaltes ständig begleitet haben mit der angenehmen Schwere ihres gesamten Buchkörpers, mit den neuen Welten, die sie mir eröffneten, mit der zunehmenden Vertrautheit nach jeder weiteren Seite, mit ihrem individuellen Geruch und der unverwechselbaren Farbe und Beschaffenheit ihres Äußeren. Und so kommt es, dass mein Koffer bei er Abreise stets ein wenig schwerer ist, als er es bei der Hinreise war.

Nachwort

Als große Liebhaberin russischer Literatur möchte ich auf die folgenden Hörspiele hinweisen: Allesamt sind sie gesprochen von einer der interessantesten aktuellen deutschen Sprecher-Stimmen überhaupt. Besonders die „echte", originäre, klassische *Dame mit Hündchen von Anton Tschechow* – gesprochen von dem renommierten Berliner Sprecher, Musiker und Schauspieler Werner Wilkening. (Hörbuch-edition "words & musik" Peter Eckart Reichel).

Beispielsweise über Audible zu erwerben.

Ebenso: Anton Tchechow /

Zwei Erzählungen

Nikolai Wassiljewitsch Gogol:

Die Geschichte vom großen Krakeel zwischen Iwan Iwanowitsch und Iwan Nikiforowitsch.

(Gesprochen von Wilkening)

Die Nacht vor Weihnachten

Die Nase (Gesprochen von Wilkening)

Von der Autorin, Claudia J. Schulze, außerdem u.a. erschienen

Dame mit Hündchen-Erzählungen

Schwarze Kirschen – Begegnung mit Tschechow